L'AMOUR IMPUNI

Du même auteur :

Avec ou sans amour, Le Cercle du livre de France, 1958, Robert Laffont, 1959.

Doux-amer, CLF / Robert Laffont, 1960.

Quand j'aurai payé ton visage, CLF / Robert Laffont, 1962.

Dans un gant de fer : la joue gauche, CLF, 1965.

Dans un gant de fer : la joue droite, CLF, 1966.

Les morts, CLF, 1970.

Moi, je n'étais qu'espoir, CLF, 1972.

La petite fille lit, Éditions de l'Université d'Ottawa, 1973.

Toute la vie, L'instant même, 1999.

Pour Robert Chartrand
en souvenir d'une rencontre
inoubliable dont tout le monde
pourra lire la suite dans Le
Dernis-Plus du tout de secret!
Amicalement
Claire Martin
Québec - 1er avril 2000

CLAIRE MARTIN

L'amour impuni

roman

L'instant même

Maquette de la couverture : Isabelle Robichaud

Photocomposition : CompoMagny enr.

Distribution pour le Québec : Diffusion Dimedia
539, boulevard Lebeau
Saint-Laurent (Québec) H4N 1S2

Pour la France : D.E.Q.
30, rue Gay-Lussac
75005 Paris

865, avenue Moncton
Québec (Québec) G1S 2Y4
www.instantmeme.com

Dépôt légal — 2e trimestre 2000

Données de catalogage avant publication (Canada)

Martin, Claire, 1914-

L'amour impuni

ISBN 2-89502-134-1

I. Titre.

PS8511.A84A77 2000 C843'.54 C00-940456-2
PS9511.A84A77 2000
PQ3919.2.M37A77 2000

L'instant même reçoit pour son programme de publication l'aide du Conseil des Arts du Canada, celle de la Société de développement des entreprises culturelles du Québec ainsi que celle du gouvernement du Canada par l'entremise du Programme d'aide au développement de l'industrie de l'édition (PADIÉ).

JE L'AI LONGTEMPS REGARDÉE. C'était moi quand j'avais six ans. J'ai eu besoin d'une photographie pour la mosaïque que notre société prépare à chaque grande campagne de publicité. D'habitude, j'en fais faire une nouvelle quand on m'en demande. Par paresse, il y avait bien des années, deux, trois, peut-être quatre que je n'avais fouillé jusqu'au fond de la boîte, là où il y a une grosse enveloppe dont je n'avais pas oublié l'existence, bien sûr, mais que je n'avais pas ouverte depuis plus longtemps encore. Il y a le mot « Famille » écrit en travers. Je me suis pris à regarder toutes ces images point trop jaunies.

Voici donc mon visage à six ans. Il était, à cet âge, plein de promesses qui n'ont pas été tenues. J'étais un joli garçonnet, l'air conscient d'être assis chez le photographe. Maintenant, je suis ordinaire. Jamais personne ne se retourne. C'est arrivé un peu tous les jours : nez ordinaire, menton ordinaire, front moyen et le reste à l'avenant. Je ressemble encore à l'enfant de six ans, mais de loin, comme si un voile m'en séparait.

À tant faire que de regarder des photographies depuis longtemps négligées, j'ai cherché celles de ma mère, de mon père, de ma sœur aînée. Ils ont conservé la grâce de leur jeunesse. Voici mes parents le jour de leur mariage. Comme, en peu d'années, les mariages ont pris une allure différente ! Maman a une robe très jeune fille, fermée au cou, manches longues, jupe importante, un flot de blancheurs. Mon père, très dandy, jaquette, pantalon à rayures, cravate grise, chapeau haut de forme, porté sur le bras. Ils se regardent avec ferveur, et je me suis demandé où ils en étaient dans leur amour. Ce matin-là. Si je le demandais à maman, elle me répondrait sincèrement. D'abord, je n'oserais jamais et, ensuite, j'aime bien les questions sans réponse. J'en traîne avec moi quelques-unes, comme ça.

C'est en les regardant que m'est venu le désir d'écrire ces quelques notes. J'ai fait cela à certaines périodes de ma vie, mais je n'ai rien conservé. Il ne s'est jamais agi d'un journal intime, pas plus qu'aujourd'hui où j'écris ma réflexion sur ces photos qui me troublent. J'y vois tant de différences, mais aussi, tant de choses qui n'ont pas bougé. Je ne demande qu'à me reconnaître comme je suis. Ma main s'arrête. Comme qui ? c'est ce que je n'ai pas cherché pendant vingt ans. Je n'ai pas cherché, non plus, à changer ma vie. Il est bien tard pour s'interroger.

Je travaille souvent comme un forcené, ne quittant pas mon bureau avant huit ou neuf heures, épluchant des dossiers, empilant devant moi des listes de projets. Il faut faire marcher la machine qui est là comme le Minotaure, la gueule ouverte. Et pourtant, je suis paresseux. S'il m'arrive de devoir travailler tard, c'est parce que j'ai passé trop de temps, porte condamnée, à regarder à la fenêtre le spectacle de la nature, l'émouvante arrivée du printemps : les feuilles se déplient, rosissent, verdissent, cachent de mieux en mieux les maisons ; la rivière scintille au loin et finit par ne plus laisser voir que des points comme des éclats de verre attachés aux arbres ; ou au contraire, tout cela se défait à l'automne, comme un reniement, un abandon, comme si on ne pouvait mériter le printemps et l'été bien longtemps.

Je suis paresseux, c'est-à-dire que je voudrais ne rien faire des jours entiers, un livre à la main, mais ne lisant qu'une page que j'oublierais de tourner, pour repartir dans mes rêves, dans ma nonchalance, en écoutant vaguement la musique que j'aime et qui me porte aux confins du plaisir. J'ai la réputation d'être bourreau de travail. Cela se gagne tout autrement.

Il me semblait bien avoir écrit quelque note sur la paresse. La sagesse des nations lui attribue une maternité, une descendance, dont je ne m'aperçois guère. Si j'avais tous les vices ma vie serait plus... disons plus singulière. Elle est unie, elle se répète facilement, ce n'est pas du radotage ni de la routine, c'est un climat, une façon de faire et, là, c'est à mon travail, surtout, que je pense. Toutefois, mes habitudes en dehors du bureau sont de la même espèce. Par exemple, je prends toujours des vacances au même moment, mais je ne les emploie jamais de la même façon. Cette année, j'irais volontiers en Irlande. Rouler doucement dans ces paysages tout de fraîcheur me donnerait, j'en suis certain, des moments de solitude délicieuse.

J'ai noté l'autre jour l'émotion que m'offre le spectacle de la nature et qui me retient à ma fenêtre, devant les jardins qui jouxtent l'édifice. Il y a aussi spectacle à l'intérieur. Comme dans tous les grands bureaux, maintenant, le décor est charmant, abondance de plantes vertes, tableaux de peintres jeunes, mais qui commencent à être connus. À travers tout cela il y a les jeunes femmes de la maison. Elles sont nombreuses, elles sont belles, elles sont élégantes – la direction l'oblige –, elles vont et viennent de par les corridors, d'un bureau à l'autre, gracieux ballet, hanches minces sur quoi il est interdit de porter les mains. Je ne sais pourquoi j'ai pensé à écrire cela, car je n'ai jamais pensé à le faire.

Elles me font souvenir, mais un peu moins jeunes, des fillettes de mon adolescence. Autour de ma sœur Hélène, il y en avait des ribambelles. La mode était aux garden-parties, surtout à la fin de l'année scolaire, à la mi-juin, il en arrivait des automobiles pleines – robes pastel et mains gantées, chapeaux aussi, peut-être, je ne sais plus – et cela se déversait dans le parterre où des tables garnies de boissons fraîches, de petits fours crémeux, attendaient leur plaisir. Mon père et moi venions faire un tour rapide en fin de fête, juste le temps de dire un mot aimable. « Venez nous voir cet été », me disaient les plus délurées. J'y allais parfois. Il y en avait de charmantes, toutes prêtes à me dispenser des premiers pas. Je cherche le souvenir d'un trouble, d'un élan. Rien, vraiment.

C'est justement l'été et nous attendons demain, lundi, un petit groupe d'aspirantes aux emplois de vacances. Ce sont des étudiantes qui veulent gagner un peu d'argent ou bien s'initier aux affaires. Je ne m'occupe pas de cela, mais comme elles se tiennent dans la grande salle, juste à côté, je les aperçois.

L'été fut chaud, orageux, ce qui me retint d'entreprendre plusieurs des choses dont je meuble, d'habitude, cette saison et me poussa à remettre mes vacances à l'automne. Le temps maussade est un mauvais compagnon. Recevoir de la pluie – acide, bien sûr – dans les yeux, chaque fois que je lève la tête pour admirer un fronton, un clocher, me ramène vite à mon hôtel. Le temps qu'il a fait ici n'est pas souvent celui qu'il fait ailleurs, mais cette année justement, oui ! En plus mal, s'il se peut.

Nous vivons à une époque si surprenante qu'elle pousse souvent les garçons à chercher du travail là où il n'y avait que des filles, gardiennes d'enfant, aides de toutes sortes : maternelles, familiales, médicales. Depuis peu, nous avons des garçons qui sont secrétaires, dactylos, réceptionnistes.

Il y a donc, ici comme ailleurs – et qui reviennent parfois deux années de suite pour ces emplois d'été – des filles et des garçons. Des garçons ? Un garçon. Ah ! silence !

Le cocon familial, la cellule, la logette, la chaleur du sein. Je vis seul maintenant, mais je reprends souvent le chemin de ce refuge. Mes parents se sont mariés à vingt ans. Ils sont presque aussi jeunes que moi. Quand je semble triste, mon père m'entoure de ses bras, il m'appelle « mon pauvre vieux », il m'embrasse sur les deux joues, deux fois sur chacune. Je me blottis un peu, en protestant pour rire : « Tu piques, papa. » Après cela, je ne suis plus triste du tout. Maman arrive et proteste elle aussi : « Alors, il ne restera plus rien pour moi. »

Hier, j'ai sorti de ma poche un livre que j'avais apporté rien que pour lire une phrase que je n'avais jamais rencontrée parce que, parfois, je lis un peu vite et qu'il m'arrive de tourner la page avant le temps.

« ... Ma fortune... m'a fait naître d'une race fameuse en bonhomie et d'un très bon père. »

– On se demande à qui cela fait penser, dit papa en toussotant.

Il a rougi, surtout les yeux. Puis, il a ri en regardant maman, l'air de s'excuser d'être seul en cause.

– C'est de Montaigne. Je reconnais l'exemplaire.

Il reconnaît l'exemplaire ! C'est bien de lui ça. Il craindrait d'avoir l'air poseur s'il connaissait la citation. Nous nous regardons, un peu contraints par l'émotion, mais c'est une chose que nous ne redoutons pas. Petit, j'étais gêné par les sentiments amoureux et les propos qu'ils suscitent. J'ai eu le temps de m'y accoutumer. Je les ai vus si souvent, lui tenant contre sa joue la main de maman qui prenait l'air ensommeillé, comme les chattes qu'on caresse.

J'avais découvert, un jour que ma serviette de table avait glissé sur le tapis, que leurs pieds se touchaient et que c'était pour savourer ce léger contact qu'ils s'asseyaient côte à côte quand nous étions seuls. Souvent, depuis lors, m'est venu le désir de savoir si les pieds étaient toujours amoureux. Je poussais un peu ma serviette.

– Comme ce garçon est maladroit, disait maman en feignant d'être fâchée.

Mon père me jetait un regard amusé qui me faisait penser que j'avais sorti de sous la table un visage heureux, le reflet du sien probablement. Je n'ose plus, maintenant, laisser tomber ma serviette, mais je suis certain que, là-dessous, il se passe toujours les mêmes « chatteries ». Quand les parents sont heureux, c'est parce qu'ils s'aiment et quand ils s'aiment, c'est parce qu'ils sont bons et s'ils sont bons, les enfants sont heureux. C'est la ronde de la félicité. J'ai vécu là-dedans tout petit et il me semble que je n'ai jamais mérité de punitions tant tout allait de soi. Nous n'avons, ma sœur et moi, jamais connu le pensionnat car « un enfant doit coucher chez ses parents toutes les nuits et ce sont eux qui doivent veiller sur sa vie ». C'était une des lois de la maison. Étouffant ? Je ne me le suis jamais demandé.

L'été s'achève. À cinq heures, ce soir-là, nous avons donné une petite fête aux étudiantes qui ont travaillé ici en juillet et août. Les pauvres, elles auraient été mieux à la plage ! Nous employons le féminin même s'il y a ce garçon et pourtant ce n'est pas qu'il compte pour rien. Question d'habitude : pendant des années, il n'y eut que des jeunes filles.

Ce fut un été parfois morne, tant la chaleur était humide, et parfois violent quand cela tournait à l'orage. Il y eut même un soir où il fut impossible de quitter les bureaux à l'heure. Se rendre au parking sous les cataractes du ciel était, à l'évidence, une aventure dangereuse – la foudre grésillait de partout –, en tout cas, ruineuse pour les souliers.

Philippe, c'est le jeune homme qui fait partie des « emplois d'été », était dans mon bureau. La pluie battait les vitres.

– Vous feriez mieux d'aller rejoindre vos camarades. Si cela continue, on va sûrement servir le thé.

– Vous viendrez le prendre avec nous ?

– Peut-être bien.

À cet instant, le tonnerre rapproché craqueta et l'électricité s'éteignit. Son petit cri de terreur me parut très drôle.

– Vous avez peur dans le noir ? Un garçon de votre âge !

– C'est le bruit du tonnerre, quand il claque comme ça, qui m'énerve. Excusez-moi, je suis ridicule.

Et l'électricité est revenue. Il avait crié pour m'intriguer, je pense, car il n'avait même pas pâli.

– Mais non, vous n'êtes pas ridicule. Vous êtes très jeune.

Il a penché la tête de côté. J'aurais aussi bien pu dire « jeune et très beau » si je n'avais craint d'être ridicule moi-même. Je me suis fait la réflexion que, si j'avais eu une jeune secrétaire devant moi, j'aurais pu la prendre aux épaules, d'un geste rassurant... Je me suis mis à rire.

– C'est de moi que vous riez ?

– Non, non, c'est une idée qui...

– Ah oui ? Quelle idée ?

– La pluie s'est arrêtée. Filez vite.

Je l'ai un peu poussé vers la porte, mais en le touchant très peu. Hé là ! On dirait que j'avais eu chaud. Pour tout dire, il m'a semblé que j'étais secrètement agité. Ai-je été étonné ?

Cela se passait il y a une quinzaine. Entre-temps, il est venu chaque jour frapper à ma porte pour, disait-il, « prendre mes ordres ». Puis, il y a eu cette petite fête. Je n'y suis resté qu'une demi-heure. J'ai serré quelques mains et je suis parti avec une vague envie de rester plus longtemps, une sorte de paresse qui m'inclinait vers l'immobilité, au plaisir de l'œil. Mais tous les ans, à cette occasion, je ne m'attarde pas davantage.

J'ai envie d'écrire des choses que je ne veux pas écrire. Ce propos me semble enfantin, mais je ne puis guère m'exprimer autrement. Je me sens dans l'état d'esprit de celui qui écrit une lettre définitive : « J'ai bien l'honneur de vous remettre ma démission », ou bien « Chère Angèle, voulez-vous m'épouser », ou encore « Je pars et je ne vous reverrai jamais », et qui est retenu par un sentiment de prudence. Quand on considère que je n'écris que pour moi, je ne puis que répéter : enfantin. Cette prudence ne s'exerce qu'envers moi-même.

Hier, dans le silence feutré de cette maison ancienne, surtout à cette heure-là, j'ai été alerté par le bruit d'abord lointain de l'ascenseur qui n'est pas ce qui se fait de plus discret. Obéissant à une urgence inexplicable, je me suis précipité à la porte pour être, je pense, déjà derrière et qu'aucun bruit ne me trahît si l'ascenseur s'arrêtait à mon étage. Par l'œilleton, j'ai vu Philippe arriver et sonner. Je peux être immobile et retenir mon souffle longtemps. Néanmoins, il a peut-être senti mon regard sur lui.

– Monsieur, si vous êtes là, ouvrez-moi, j'aimerais tellement vous parler.

Ah ! moi aussi j'aimerais vous parler, petit sot. J'aimerais vous dire... Au fait, je ne sais pas du tout quoi. Comme je ne répondais pas, il a un peu approché son visage de ce qui n'est, à l'intérieur, qu'une toute petite ouverture qui, de mon côté, va s'élargissant. Pendant un moment qui m'a paru insupportable, j'ai eu ce visage, ces yeux gris-vert, avec des paillettes dorées au milieu, près des miens. Je ne sais pas ce que je pourrais dire de vrai là-dessus. Sans rien ajouter, il est parti.

C'est aujourd'hui mardi. Depuis deux jours, j'ai eu beaucoup de travail et, pourtant, je n'ai guère arrêté de penser, en arrière-plan, aux propos d'Hélène.

Nous avons déjeuné chez nos parents. Le repas du dimanche midi, chez eux, fait vieille France : volaille rôtie aux marrons, simple camembert. Par tradition familiale, le dessert est acheté chez le pâtissier en souvenir, je pense, du temps où l'on s'y arrêtait en sortant de la messe. Quand nous étions petits, ma sœur et moi, c'était un saint-honoré. Maintenant, comme dit maman, elle choisit pour « l'amour de nos artères » des gâtcaux où il y a plus dc meringue que de crème et, si possible, pas du tout de beurre. La tendresse féminine, chez elle, se manifeste de toutes les façons, dans sa voix d'abord, dans les gestes de ses mains gracieuses. Elle parle de nos artères (elle pense surtout à celles de son mari, je présume) comme si elles étaient à portée de caresses. C'est peut-être le moment de laisser tomber ma serviette pour regarder sous la table.

Hélène et moi avons pris congé vers quatre heures et je suis allé la reconduire. Je lui ai trouvé l'air préoccupé.

– Quelque chose ne va pas ?

– Maman semble fatiguée. Je me demande si, quand nous voulons passer le dimanche avec eux, nous ne ferions pas mieux de les inviter au restaurant. Ce serait alors facile d'amener les enfants. Autrement, je n'ose pas le faire trop souvent.

Bon, c'est entendu, mais je me suis dit que voilà, soudain, quelque chose qui se termine et que nous ne retournerons plus que rarement « passer le dimanche chez nos parents ». Voilà ce que c'est que d'avoir des habitudes. Le jour où il faut les rompre, on sent tout de suite le vent du temps qui passe et qui vous arrache une joie, un délice.

Pour finir, triste soirée. J'aime la solitude, mais ce soir-là, c'est l'esseulement que je ressentais. J'aurais pu tenter d'arranger quelque chose, mais tenter de s'amuser quand on souffre, c'est une bien futile entreprise.

Je relis ce que j'ai écrit à la fin de l'été : « tenter de s'amuser ». Ce n'est pas cela que j'ai accepté, non, c'est plutôt de céder à un désir très secret et très... patient. J'ai bien fait de céder, j'en suis certain, mais depuis je dors peu.

J'ai donc accepté de sortir avec quelques collègues qui voulaient garder – selon l'invitation – le contact avec l'équipe des emplois d'été qui comptait des éléments prometteurs « à suivre ».

– J'irai, ai-je dit un peu trop vite à celui qui m'apporta l'invitation. C'était une bonne équipe, ai-je ajouté hypocritement.

Pourquoi, hypocritement ? Comme disent les enfants : parce que... Et l'adulte demande : parce que quoi ? Parce que je tiens à conserver mon rôle d'indifférent.

C'est une carapace qui me protège contre toutes sortes d'indiscrétions. Alors que je n'ai à protéger que cette indifférence même, le plus souvent.

Comme de bien entendu, je serai probablement le seul à être élégant, mais en toute connaissance de cause. Je le savais en m'habillant. Cela fait partie de mes principes : mes tenues sont toujours opportunes, même quand je sais que les autres ont là-dessus d'autres idées. Je ne vois pas pourquoi je me sentirais obligé de faire comme tout le monde et même, de faire comme mon père qui est plus déluré que moi et qui possède toute une brochette de blousons, par exemple, alors que je n'en ai qu'un pour la campagne. Bref !

– Vous êtes bien chic, m'a dit une des jeunes filles.

– Merci. Je fais de mon mieux. J'aime les bons vêtements.

– Et les belles cravates.

Un rien dans le ton dont c'était dit, un rien, mais qui se sentait.

– Les très belles, mais oui !

Cela ne commençait pas bien. Si c'était continué sur ce ton, la soirée menaçait d'être longue. Il y eut, pendant quelques minutes, échange de menus propos, puis quelqu'un suggéra de commander à boire.

– Est-ce que nous n'attendrons pas Philippe ?

– Bof ! Il ne viendra peut-être pas. Philippe fréquente, peut-être, d'autres lieux, on ne le voit jamais nulle part. Je le soupçonne de faire dans le genre jeune homme rangé.

Je suis toujours maître de mon visage et maître de ma voix, mais ce coup-là je choisis de ne rien dire et de ne regarder personne, comme si je n'avais rien entendu. D'autres lieux ! Là aussi, un rien dans le ton. Feignant de regarder ailleurs, je l'aperçus, arrêté, debout, près d'une table et qui parlait joyeusement avec deux couples. J'avais déjà remarqué qu'une des femmes était très belle, mais j'eus envie, soudain, de lui trouver l'air poseur. Puis, comme il tournait tout autour pour serrer les mains, je le vis de face et je me mis à rire. Veston, chemise blanche et cravate. On aurait dit mon jeune frère. Quand il vint nous rejoindre – ah ! savoir se faire attendre juste ce qu'il faut –, il fut reçu presque en héros de la fête.

Il y avait un peu d'espace près de moi et, en me poussant... mais non, il s'assit juste en face. J'ai bien tenté de regarder quelqu'un d'autre, de temps en temps, pendant qu'il parlait, parlait.

– Somme toute, nous avons passé, ensemble, un bel été. Il est vrai que le temps a été souvent orageux.

– Assez pour nous empêcher de partir à l'heure quelquefois.

– Et le soir du grand tonnerre on n'a plus retrouvé Philippe. Il s'était caché dans une penderie, comme les chats.

– Mais non ! N'étiez-vous pas dans mon bureau, Philippe ?

– Je ne sais plus bien, monsieur. Il y a eu tellement d'orages, cet été. Ce fut un été très... inaccoutumé.

Je ne sais si je me trompe, si j'ai raison, si je m'abuse, j'ai cru voir un léger mouvement sur son visage, une connivence, mais il parlait toujours, un peu penché, sans que ses yeux me quittent un instant, sans ciller, sans exprimer autre chose qu'une extrême attention. Je me découvre capable de soutenir ce regard.

– Inaccoutumé.

C'est tout !

Il a une main à la fois ferme et fondante, une de ces mains rares qu'on a envie de reprendre pour la retourner et y lire le destin inscrit, non pas dans ses lignes – cette blague ! –, mais dans son dessin précis, son épiderme à la fois chaud, doux et sec. Une main de chance. Il en connaît la vertu. Comment pouvais-je écrire « c'est tout », alors que nous nous étions serré la main ? C'est que j'avance à pas feutrés et même en ne sachant guère où je vais. Et pourtant, j'avais, peut-être, pour un moment, non pas oublié, mais mis de côté ce souvenir pour quoi je ne cherche même pas d'adjectif. Une chose est certaine : je n'ai pas voulu presser cette main plus qu'on ne le fait pour un « shake-hand » ordinaire. Lui non plus, me semble-t-il bien. Pas presser, mais frémir un peu ? Dans le midi, on dit plus volontiers « toucher la main ».

Rentré chez moi, hier soir, je ne me sentis pas bien, tout courbatu, et la sensation que mon cœur battait irrégulièrement. Assis dans mon bon fauteuil, je me sentais mal, contraint de toutes parts. Je pris le parti de faire les cent pas, comme faisait souvent papa, en attendant l'heure du dîner, quand il avait ramené du bureau quelque souci. En passant derrière nous, ma sœur ou moi, il nous chatouillait un peu l'oreille, nous tapotait l'épaule d'un geste rassurant, comme pour signifier qu'il n'y avait pas de quoi se tourmenter.

J'ai marché longtemps. Cela fatigue, mais n'apaise pas, et je n'avais personne à qui chatouiller l'oreille. L'heure de dîner était bien passée que je me demandais encore si j'avais faim. Je maugréais malgré moi : « Mais enfin, qu'est-ce que tu as ? Qu'est-ce qui se passe ? » Rien, non rien.

Maman a téléphoné. Je lui ai dit que je me sentais un peu patraque. La dernière chose à faire. Elle s'est mise à m'interroger : « Qu'as-tu mangé à midi ? Comment ça, rien ? Et comment dors-tu ? As-tu vu le médecin ? » Enfin, elle a raccroché. Là, je me sentais vraiment malade, mais j'avais le sentiment que j'avais réussi à la rassurer. J'ai lu, un long moment.

Un peu avant dix heures, on a sonné à la porte. Je me suis précipité. C'était maman. J'aurais envie d'écrire : « ce n'était que maman ». Comment peut-on être déçu par l'arrivée de quelqu'un qu'on aime avec autant de ferveur ?

Cela, c'était hier soir. Je n'ai pas l'habitude d'écrire aussi souvent dans ce cahier. Deux jours de suite, c'est inaccoutumé, alors que les premières pages datent de trois ou quatre mois. Inaccoutumé... moi, j'ai écrit inaccoutumé ! C'est un mot que je ne dis jamais. Je l'ai emprunté. « C'est un été inaccoutumé... » J'imagine qu'il ne pensait pas qu'aux épisodes orageux. Oserai-je croire qu'il vit quelque chose d'inaccoutumé et qu'il voulait que je le sache ?

Mais oui, c'était maman, « folle d'inquiétude ». Elle m'a pris aux épaules et m'a poussé sous le plafonnier.

– En effet, tu es pâle et le blanc de l'œil est un peu jaune.

– Tu sais, maman, je n'ai ni la rougeole, ni la coqueluche. Je suis seulement fatigué par cet été, heu... torride, ces orages. Malheureusement, je ne suis plus un enfant, maman. Je suis un homme de mon temps, que le travail exténue, parfois. Surtout que je suis paresseux, tu le sais. Je suis plein de paresse rentrée qui n'arrive pas à se satisfaire. Quelquefois, je suis content d'une journée remplie « à ras bord », mais d'autres fois, comme ces jours-ci, je me demande si tout cela est nécessaire et si je ne suis pas un pauvre connard dont la vie passe. Excuse-moi pour ce gros mot qui te fait faire « tut-tut ».

– Pourquoi ne viens-tu pas vivre quelques jours à la maison ?

Je ne veux pas lui répondre qu'elle n'a pas l'air trop bien, que je craindrais, pour elle, un surcroît de fatigue. J'ai soudain une telle peur de la perdre que tout le reste s'efface. Je pense à cette petite déception que j'ai eue, à la porte, et je me trouve cruel. J'ai été sur le point de le lui avouer, je ne sais pourquoi, pour qu'elle me pardonne, qu'elle ait quelque chose à me pardonner. Ce serait rare, je suis bien secret avec elle. C'est un peu sa faute, elle croit que je suis parfait.

En partant, elle m'a embrassé très légèrement, comme pour ne rien céder à l'émotion et, juste en passant le seuil, elle a murmuré :

– Essaie de ne pas m'inquiéter, veux-tu ?

Et elle a filé très vite, en faisant un geste d'adieu par-dessus l'épaule, sans se retourner.

Ah ! maman ! si tu cours si vite, c'est que tu regrettes déjà d'avoir dit cela, cet aveu qui t'est venu malgré toi, avant de comprendre que c'était un aveu.

En sortant de chez moi, à midi, je me suis trouvé nez à nez avec notre médecin de famille, un ami de longue date. Comme je m'étonnais :

– J'ai décidé, me dit-il, de marcher tous les jours. Je ne m'oblige plus, maintenant, à travailler chaque heure du jour. Je me détache du travail, comme on devrait se détacher de toutes choses, lentement, sans à-coups. Je quitte mon cabinet pour marcher une heure avant de déjeuner. Pour cela, je cherche les rues silencieuses et qui ont beaucoup d'arbres. La vôtre est délicieuse. Il y a, au coin, un jardin, une vraie roseraie. En ce moment, elles ne sont pas au mieux, elles sentent que la saison s'achève. Je les ai vues en juin. Superbes. Je parle des roses, bien entendu, mais tout y est beau.

Je suis un peu éberlué. C'est un homme qui parle peu d'habitude. Il parle pour me retenir, j'ai fini par le comprendre.

– Savez-vous, je ne trouve pas votre mère très bien, en ce moment. Rien de trop grave. Depuis quelques mois, elle fait de l'angine. Vous le saviez, bien sûr.

– Mais non, je ne sais rien. J'ai appris qu'elle a subi une batterie de tests, « des examens de routine, comme tous les deux ou trois ans », m'a-t-elle dit. J'ai été étonné, je n'avais pas souvenir qu'elle avait déjà...

– Vous avez raison, c'était la première fois. Tapis roulant... pas brillant, le reste non plus, le cœur encore assez bien irrigué, mais la tension... Elle répond bien à la médication, mais il va falloir faire plus, l'hospitaliser. Elle hésite, elle s'inquiète pour votre père qui la croit solide comme le roc et pour vous. Elle vous trouve fati gué. Cependant, vous pourriez parler à votre père. Vous le connaissez, forcément, mieux que moi. Dans ces histoires d'angine, quand il n'y a pas d'urgence, je suis toujours prudent. Si elle voit de l'inquiétude chez votre père, cela ne sera pas bon pour elle. Entendu ? Et vous, ça ne va pas ?

– Oh ! ce n'est pas grave, docteur. Je suis amoureux.

Il est habitué à ne pas broncher. Ce fut peut-être moi le plus étonné des deux. Pour un moment, j'ai cru qu'il ne répondrait rien.

– Et lui ?

Cela m'a fait comme un coup à l'estomac.

– Je ne sais pas. Je ne sais pas du tout.

– Je vous demande pardon. N'oubliez pas ce que je vous ai recommandé quant à votre père.

Il m'a quitté sans plus.

Je n'ai pas rêvé, il a bien dit « et lui ».

Maintenant, ce qui n'avait jamais été dit, à peine pensé, retenu, existe. À quoi ai-je obéi ? À cela, justement, je pense. Je suis amoureux et il ne me reste plus qu'à en informer l'objet aimé. J'ai beau être entièrement bouleversé, je ne puis m'empêcher de rire d'avoir écrit cela. Cependant, tout est reporté bien loin, quoi que j'en aie.

J'ai donc fait ce que le médecin m'a recommandé, j'ai invité papa à déjeuner au restaurant. Cela ne se pouvait mieux, maman était invitée chez nos cousins Benoit.

– Le cardiologue ?

– Eh oui ! Le cardiologue. Ce n'est pas qu'elle manque de confiance en son médecin, mais deux avis, tu sais... Enfin, j'imagine que c'était là son mobile en se faisant inviter.

– Comment, « j'imagine » ? Il faudrait peut-être commencer à vous parler à cœur ouvert.

– Nous le faisons sur tout, sauf sur les sujets qui font de la peine. On veut empêcher l'autre de souffrir. On lui ment ou, au moins, on lui cache la vérité.

– Je sais. On voudrait que le mensonge devienne vérité, que le sort aie pitié. On dit : « Tu as l'air bien » et « Le médecin est satisfait » et puis « Où irons-nous l'hiver prochain ? »

Où ? Pas plus loin que Cannes ou Nice où ils connaissent de bons médecins. Papa y pense sans le dire, j'en suis certain. Il n'y a pas qu'à maman qu'il cache la vérité.

Il me prit, soudain, un bien-être, un contentement. C'est que le repas était excellent et qu'il me faisait plaisir sans que je m'en sois, jusque-là, aperçu.

– Est-ce que cela te plaît, papa ?

– Oui, je trouve tout délicieux, malgré tout. Tu sais, il faudrait se secouer un peu. Nous ne sommes pas au bord d'un grand malheur, nous sommes juste un peu moins sereins. Nous voyons l'avenir comme il est souvent : menacé. Et toi, à part cela, dis-moi, qu'est-ce qui ne va pas ? Tu as des ennuis ?

– Pas vraiment. J'ai seulement des problèmes... des problèmes de bonheur.

– Mon pauvre vieux ! Ça devait t'arriver. Le jour où tu voudras m'en parler, tu sais, je suis là. Le bonheur, pour toi, ce n'est pas explicite. Tu es comme tu es et c'est nous qui t'avons fait ainsi. Mais tu aimerais ne rien avoir à dévoiler.

– C'est que je pense que vous me voudriez différent.

– Ah non ! Ce ne serait pas de l'amour, ça ! Toi, tu me voudrais différent ? Je suis sûr que non !

Et il se rengorge un peu. Nous nous sommes mis à rire. Avec lui, cela se passe toujours ainsi.

– Mais papa, tu ris, bien sûr. Il reste que je ne me marie pas. Je ne te donne pas d'enfants de ton nom.

Il a recommencé à rire en me regardant les yeux très grand ouverts comme pour me laisser lire jusqu'au fond de sa pensée.

– Qu'est-ce que tu racontes ? Tu es plus vieux jeu que ton père, ma parole. C'est ton seul défaut. J'ai les petits d'Hélène. Le nom, tu sais...

Nous avons terminé le repas en parlant de maman et en rappelant des souvenirs très lointains, presque oubliés, soit de l'un, soit de l'autre, comme celui qui croit garantir l'avenir au moyen du passé. Je suis retourné au bureau, un peu rassuré. Mais pas complètement, jamais plus complètement.

Malgré tout ce qui me distrait de mon travail, ce qui m'inquiète d'une part et ce qui m'obsède de l'autre, j'arrive, au bout de la semaine, à ne laisser que peu de choses en attente et ce sont plutôt des projets qui demandent du temps.

Je vais, cette année encore, donner mon cours de géologie. La maison n'a rien contre, au contraire, et m'a donné son assentiment une fois pour toutes, je pense. Je commencerai la semaine prochaine. L'avis en a été affiché il y a déjà plusieurs semaines et il a paru un petit placard dans quelques revues spécialisées.

Il y a quatre ou cinq jours – c'était le lendemain de ce déjeuner avec papa – ma sœur Hélène est venue me voir, toute seule, sans mari, sans enfants, et j'ai craint qu'elle n'ait quelque confidence pénible à me faire. J'ai sorti un choix de bouteilles et de verres. Nous ne sommes des buveurs ni l'un ni l'autre, mais il y a des moments où un peu d'alcool porte secours. Mais elle n'en voulut pas.

– Juste un grand verre d'eau qui pique.

Bon. Si elle emploie notre petit vocabulaire enfantin, les choses ne vont pas trop mal.

– Je suis allée voir maman. Elle m'a raconté toute sa journée avec les cousins Benoit. Elle a l'air très rassurée. Benoit et sa femme, qui est interniste, tu le sais, ont parlé longuement avec elle, ont discuté l'avis de ses médecins, ont donné les leurs, bref...

J'ai tout de suite pensé à ce que notre médecin m'avait dit : il va falloir faire plus. Comme je commençais à désirer, vraiment, que nous nous parlions un peu plus à l'aise, les uns les autres, j'ai lâché le morceau.

– Notre médecin de famille ne m'a pas semblé aussi rassurant. Il m'a dit qu'il faudrait hospitaliser maman.

– Ah ! tu sais ? mais rien de terrible. On veut lui faire une angioplastie avec tuteurage. Je ne pensais pas que tu le savais. Pour le moment, son spécialiste fait des démarches. Les listes d'attente sont ce qu'elles sont. Le cousin peut appuyer, il a un certain poids. D'autre part, elle a des timbres dermiques.

– Oui, des 0,8.

– Il faut bien. Et des comprimés de nitro aussi, en cas de malaise. Autre chose dont je n'ai pas retenu le nom. Je ne sais pas ce que c'est, des béta-bloquants peut-être. Ce n'est pas de mon domaine. Elle dit que cela lui fait grand bien.

– Tu as peur ?

– Oui, j'ai peur et je ne puis penser qu'à cela. Mon mari m'a demandé – oh ! gentiment – de penser un peu à lui aussi, et aux enfants. Il dit que si nous sommes tous aussi visiblement inquiets, cela ne peut qu'être nuisible à maman. C'est difficile d'aimer passionnément son père, sa mère, son mari, ses enfants. Est-ce qu'on est fait pour aimer tout autant ?

– Et ton frère ?

Comme je la voyais au bord des larmes, j'ai jeté cela sur le ton de « Et ta sœur ! », avec la voix de rogomme qu'on prend pour dire ce qui est une grossièreté, au fond.

J'ai à peine réussi à lui arracher un sourire. Puis, elle s'est levée et elle est venue s'asseoir sur mes genoux. Je suis resté interdit. L'idée m'a effleuré qu'elle ne recevait pas son dû de réconfort et que si elle était là, non seulement chez moi, mais sur mes genoux, comme une enfant juste un peu plus lourde, c'est que son mari ne comprenait pas bien ou n'acceptait pas bien le sentiment qu'elle portait à maman. Je l'ai serrée très fort et, avant qu'elle ne soit trop émue, je lui ai chuchoté :

– Il me semble qu'un doigt de frontignan et un biscuit ne nous feraient pas de mal. Comme chez grand-maman et grand-papa, les dimanches après-midi. Tu te souviens ?

– Oh ! oui ! même que le biscuit était souvent un doigt de dame, ce qui me semblait le comble de l'esprit. Mais où trouves-tu du frontignan ? Je n'en bois plus nulle part. Pour ma part, je prendrai deux ou trois doigts de tout.

La première chose qui m'a frappé, c'est qu'ils étaient un peu plus nombreux que les années précédentes. Je ne me sens guère intimidé dans ces sortes de circonstances. Je m'assieds à la table surélevée d'une seule marche, je salue en souriant aimablement et je fais, du regard, le tour de l'assistance. Peut-être suis-je plus intimidé que je ne le pense car, cette année, je me suis aperçu, pour la première fois, que je ne regarde pas vraiment. Je balaye de l'œil sans m'arrêter sur aucun visage et c'est aujourd'hui que je m'en rends compte. J'ai demandé que chacun se lève en donnant son nom. J'avais la liste sur ma table. Je cochais sans me presser.

– Philippe (non, je n'écrirai pas son nom de famille dans ce cahier, pas aujourd'hui, en tout cas.)

Non seulement je n'ai pas bronché, mais je suis resté, pour un moment, glacé. J'ai été sur le point de ne rien dire, de ne faire que la petite inclination de tête que j'avais eue pour les autres, puis, je me suis senti ridicule.

– Ah mais ! nous sommes de vieilles connaissances. Nous allons de nouveau travailler ensemble ? Vous me faites plaisir.

J'ai déjà dit que je ne perds pas facilement contenance, mais ici je sentais que de petits muscles, autour de ma bouche, se contractaient involontairement. Une tentative de sourire s'est résolue en faible grimace, je le sentais bien. Philippe, pour sa part, semblait détendu. Il a dit d'une voix unie, sans aucune intention :

– J'en suis heureux, monsieur.

Bien sûr, il n'avait aucune raison d'être étonné, lui. Il venait à mon cours comme à un rendez-vous. Il a suivi avec une attention qui m'a paru soutenue. À la fin, il y a eu quelques questions. Je pensais bien qu'il en avait une dans sa manche et je me préparais, comment dire, à être brillant. Je l'ai regardé l'air interrogateur, quand j'eus constaté qu'il se taisait. Il m'a répondu par un très léger signe de dénégation. J'ai donc conclu en quelques mots qui nous renvoyaient au prochain cours. Ah ! ma main tremble encore...

J'ai interrompu ces carnets, curieusement, alors que j'en étais à relater le plus important, le plus déterminant. Au reste, cela n'a rien d'inattendu, je n'ai pas coutume d'écrire sur le coup de l'événement. Or donc, j'ai quitté le petit auditorium, après avoir repris mes papiers et échangé quelques mots avec un collègue qui avait assisté au cours.

J'ai sonné l'ascenseur. Au moment où j'y entrais, Philippe, qui sortait je ne sais d'où, est arrivé en courant et s'est engouffré dans la cabine. La porte s'est refermée. Je n'ai eu le temps de penser à rien. Je lui ai tendu les mains. Il s'est jeté entre mes deux bras tendus que je n'ai pu que refermer sur lui. Il a murmuré « chut, chut », et nous sommes restés là, jusqu'à mon étage, sa joue appuyée sur la mienne – j'y sens encore une chaleur – sa respiration précipitée me chatouillant l'oreille.

– La porte va s'ouvrir, venez.

Plusieurs personnes attendaient l'ascenseur. Quelqu'un reconnut Philippe.

– Mais c'est notre étudiant de l'été.

– Oui, c'est un studieux ! Il veut m'emprunter des livres.

– Ah ! il suit votre cours !

Rien de plus vrai.

– Premier mensonge, a soufflé Philippe.

– Pas du tout. J'ai bien l'intention de vous en prêter.

– Que je vous rapporterai souvent.

– Sitôt lus.

Nous avons un peu souri, pas beaucoup, puis je l'ai fait entrer dans mon bureau. Encore une fois, il s'est jeté dans mes bras. Nous sommes restés enlacés, sans plus, pendant un long moment. J'ai compris que cela n'irait pas plus loin. Je ne le souhaitais pas non plus, mais j'aurais voulu demeurer dans cette douceur et cette fougue aussi, contre ce cœur qui battait si fort que la peau, sous l'oreille, se soulevait, j'étais comblé.

Puis, nous sommes allés choisir un livre, « un très savant qui fasse sérieux ».

– C'est que nous avons montré beaucoup de sang-froid tous les deux tout à l'heure, au cours aussi.

– Nous allons être tenus à une certaine prudence.

– Pas pour toujours ?

– Pour un peu de temps. Je vous donne mon numéro de téléphone, il n'est pas dans l'annuaire.

– Je sais. Quand même, je l'ai. Comme vous êtes distrait ! Vous l'avez donné à quelqu'un, un jour que j'étais dans votre bureau, cet été. Je reste souvent de longs moments à l'écrire, à le répéter tout haut. N'avez-vous jamais entendu votre téléphone chuchoter ? C'est le mien qui vous cherche.

– Et déjà cet été... moi aussi, Philippe.

J'étais à peine entré que Philippe téléphonait : « Je compose votre numéro pour vrai depuis un quart d'heure. » Et puis encore le lendemain. Nous parlons longtemps. Je découvre que j'aime les longues conversations au téléphone « jusqu'à ce que l'oreille fasse mal ». Il me raconte avec beaucoup de détails comment il a appris que je donnerais un cours, qu'en plus « du reste », dit-il en riant, il adore la géologie, comment il a eu quelque difficulté à s'inscrire et qu'au moment des questions, il y en avait « une bonne » qu'il aurait voulu poser, mais qu'il avait projeté autre chose. Et quoi donc ? Mais le coup de l'ascenseur : d'abord, se tenir au coin du corridor en laissant dépasser juste un œil scrutateur, puis courir, s'engouffrer derrière moi, être là et se jeter dans mes bras.

– Mais, Philippe, il aurait pu y avoir quelqu'un d'autre, déjà, dans l'ascenseur.

– Non, non, cela ne se pouvait pas. La preuve, c'est que cela n'est pas arrivé !

Il me raconte tout ce qui nous concerne, mais il ne me dit jamais rien de sa vie. Je ne sais pas où il habite, avec qui, s'il dépend de quelqu'un, un frère, une mère, s'il a de la famille, s'il y a une personne à qui, le soir venu, il peut ou doit raconter sa journée, s'il dort seul, s'il a déjà aimé.

Là-dessus est arrivée la fin de la semaine. Je me suis trouvé un peu désœuvré. C'est un état qui ne m'est pas familier. J'ai, la plupart du temps, plus à faire qu'il n'est possible. C'est, peut-être, que j'ai peu entrepris ces derniers temps. Samedi matin, j'ai pensé aller voir maman, mais comme il était entendu que nous irions déjeuner au dehors le lendemain, j'ai seulement téléphoné. Elle m'a dit d'emblée qu'elle ne voulait pas parler de sa santé, ni aujourd'hui ni demain, que c'était ennuyeux et impoli et que, de toute façon, elle se sentait bien vivante et très heureuse, que papa était sorti, qu'il avait marché une petite heure, tout seul, les pieds dans les premières feuilles mortes qui sont encore craquantes et rouges, qu'il avait rapporté des fleurs, des roses roses qu'elle affectionne entre toutes « parce que leur nom annonce la couleur et que les autres sont venues après ». Je sais tout cela par cœur, c'est la chanson des amoureux.

Je suis donc sorti moi aussi, avec le vague projet d'aller acheter des journaux et prendre le café quelque part. Cap à l'est !

Je marchais lentement, la nature est encore si belle que je gardais le nez en l'air. Les arbres – il y a beaucoup d'érables – avaient encore des feuilles rouges. Il restait des fleurs de fin de saison devant les maisons. Tout cela était soigné. Je me sentais joyeux comme un enfant et, juste en tournant le coin de la rue où se trouve le marchand de journaux, je l'ai aperçu qui marchait, à dix pas. Je n'ai pas été étonné, je m'attendais à tous les bonheurs. Il est entré dans un café où je l'ai suivi. Il était déjà assis à une table non loin de la porte. M'avait-il vu dans la rue ? Peut-être m'avait-il dépassé ? Bref, quand je suis entré, il s'est levé et m'a fait un grand signe. Nous n'avons pas dit des choses comme « bonjour, comment allez-vous ? » Je lui ai déclaré :

– Moi qui étais déjà si joyeux !

– Et voilà Philippe qui est là, n'est-ce pas ?

Il a pris pour dire cela un air fiérot. Il me fait penser à tous les gens de ma famille, qui font des mines, comme ça, pour dire certaines choses inattendues. Et toujours ce regard qu'il a, qui semble se creuser un passage jusqu'au fond de mon cœur ou de mon cerveau, là où se situe l'émotion, l'attention, l'abandon aussi. Mais oui, Philippe est là, il s'assied face à moi.

– Vous ne m'avez plus téléphoné.

Il lève un peu les épaules avec un air d'innocence.

– Je sais que souvent vous travaillez le soir ou que vous vous reposez – vos journées sont souvent ardues, je l'ai vu –

ou que vous lisez avec passion. Trois jours « sans » ! Ce n'est pas déraisonnable. Et puis, il faut bien que je me fasse désirer.

– En effet, ô combien, en effet !

Il a ouvert la bouche, comme pour attraper un peu d'air. Sa main traînait, abandonnée, sur la table. J'allais m'en saisir quand il l'a retirée.

– Ne me touchez pas, mes mains sont toutes moites.

À partir de là, je ne sais plus bien ce que nous avons dit. Cette moiteur, je l'ai bien compris, c'était un aveu de trouble, de désir peut-être, oui, de désir. Je ne sais plus comment nous l'avons exprimé. Je ne pourrais rien retrouver de ce que j'ai dit en ces moments-là, à peine s'il me revient quelques mots de lui, par exemple, il a murmuré, comme en secret « ma pensée ne vous quitte pas ».

Au bout de ces propos et d'un peu de silence aussi, nous avons demandé un autre café, ce qui m'a aidé à retrouver mes esprits. Je n'avais pas oublié pour autant – au contraire – mon intention de parler de la longue fin de semaine que nous aurions en octobre, que je ne donnerais pas mon cours cette semaine-là. J'ai ajouté d'une voix que je sentais hésitante :

– Pour ma part, je n'ai pas encore pris de vacances cette année. Vous savez quel temps affreux il a fait tout l'été (il a dit « ah oui ! » sur un ton !) et qui a sévi partout où j'aime, à la fois, les hôtels, les paysages, le climat.

– Où aimeriez-vous passer cette fin de semaine, maintenant ?

J'ai senti que ma réponse engagerait toute ma vie. J'avais la gorge serrée.

– Et vous, Philippe, où voulez-vous aller ?

Il a bien compris que nous venions de passer d'un verbe à un autre et d'un temps du verbe à l'autre.

– C'est à moi de choisir ? Oui ? Il me vient une idée. Si je choisissais Niagara ?

– Ce serait une idée pleine de...

Je n'ai pas réussi à trouver un mot à ajouter à cette idée-là. Il a fait « oui » de la tête. C'était bien le mot que je cherchais, celui qui convenait... oui. Toujours ce regard qui m'atteint jusqu'au fond des yeux, que j'ai appris à soutenir sans ciller, comme lui.

Il m'est déjà arrivé, au cours de ma vie, de feindre un peu plus d'émotion que je n'en éprouvais, par pure politesse, je pense. Il me semble que j'étais en train de m'acquitter de cela tout en une fois.

Je n'ai jamais rêvé que cela puisse se passer ainsi. Je suis donc bien candide ? Naïf, non, j'ai tout de suite compris ce qui commençait le jour où j'ai écrit « Silence ! » Seulement, j'étais toute défense, toute prévention. Je n'aurais fait les premiers pas pour rien au monde. Ce qui se présente à moi, aujourd'hui, n'a rien de semblable à ce que j'ai toujours refusé. Je compte pour rien les invites des jeunes filles qui venaient aux surprise-parties d'Hélène et qui n'en pensaient pas plus, ni celles des quelques garçons, à l'Université, qui se sont offerts, parfois, ingénument. Ah non ! ce que, d'instinct, je refusais, ce n'était pas ce qu'on me donne aujourd'hui. Aujourd'hui, c'est l'amour en plus et cela n'a rien à voir avec les petites histoires furtives, précautions prophylactiques, terreurs mortelles et tout ce qui s'ensuit et qui est le lot des novices de la vie. Il me reste bien un peu de ma douce terreur, mais ce garçon a de la hardiesse pour deux. Cela me trouble par moment et j'emploie trouble dans tous les sens.

En me quittant, hier, il m'a dit que je pouvais avoir confiance en lui et j'ai compris ce que cela signifiait quand il a ajouté « pour l'avenir et pour le passé aussi ». Nous avons pris rendez-vous, car nous n'avons plus guère envie de laisser agir le hasard. Je lui ai demandé de venir chez moi.

– Non... j'irais après le voyage à Niagara.

Il est sentimental. Il veut marquer nos repères : il y aura, je comprends, avant et après Niagara.

En plus des rendez-vous du samedi, nous nous verrons aux cours. Il en reste deux.

Au milieu de tout cela, je n'oublie pas ma petite maman qui est, je ne sais pas trop, peut-être mieux, peut-être très courageuse. C'est difficile à découvrir. Quand j'arrive, elle s'avance rapidement la main, puis la joue, le teint animé.

– Comment vas-tu, ma chérie ?

– Tu vois ! Je suis rose de plaisir. Tes visites me font le plus grand bien. Restes-tu à dîner ? Non ? Alors, nous allons prendre le thé.

Autrefois, quand j'étais petit, elle sonnait et Diana arrivait presque aussitôt, tablier brodé, minuscule, et dentelle blanche au front, portant un grand plateau d'argent qu'elle déposait sur cette petite table qui est encore là. Maintenant Diana est morte et elle n'a pas été remplacée parce qu'elle était irremplaçable et qu'aucune candidate ne trouva grâce à nos yeux. Maman et moi pouvons très bien préparer le thé et les biscottes, ce que nous faisons souvent, en parlant de Diana et de toutes ses perfections.

– Te souviens-tu des gâteaux qu'elle faisait les jours de fête ?

– Non, je me souviens bien du saint-honoré du pâtissier, le dimanche midi, mais des gâteaux de Diana... Je devais être bien petit.

– Il y avait le gâteau de crêpes, le clafoutis, la charlotte aux pommes, la bavaroise à l'orange, mais là ce n'est pas un gâteau. Elle aimait cuisiner, toujours le nez dans les livres de recettes.

– Je me souviens d'une chose flambée, des flammes jusqu'au plafond.

– Le pudding de Noël. Tu criais de terreur, mais je crois que c'était ta façon de respecter la tradition. Elle était Anglaise et avait apporté sa recette avec elle.

Oui, je me souviens d'une trace d'accent. Pour la première fois, maman en veine de confidence – depuis quelque temps, elle raconte beaucoup ses souvenirs – se mit à parler de Diana, de toute son histoire. Elle avait quitté l'Angleterre parce qu'elle avait eu un enfant « hors mariage » ; que ses parents l'avaient chassée, mais oui, comme en pleine époque victorienne, qu'elle avait cru pouvoir « refaire sa vie dans un pays neuf ». Mais, même dans les pays neufs, les idées sont vieilles, parfois. Aussitôt qu'elle avouait son passé, les prétendants se carapataient. Son petit pécule épuisé, elle a cherché un emploi de maison, elle voulait vivre dans une famille. Elle savait le français et même un peu d'italien. Ma grand-mère l'a prise à son service et, quand mes parents se sont mariés, elle a suivi maman.

– Mais pourquoi ne m'as-tu jamais raconté cette belle histoire ?

– Elle te paraît si belle parce qu'elle est très démodée, la servante au grand cœur qui reste dans la famille d'une génération à l'autre, jusqu'à sa mort qui fait pleurer tout le monde, à commencer par les petits garçons de cinq ans qui aimaient tant ses gâteaux et son pudding de Noël. Et c'est pour ne pas te faire pleurer que je ne t'ai plus parlé de Diana. Et puis, j'ai oublié.

– Tu m'as beaucoup protégé.

– J'ai essayé de te donner l'habitude d'être heureux. Cela s'apprend, tu sais. Ces temps-ci, il me semble que j'ai assez bien réussi.

J'ai une mère délicieuse. Je le lui ai dit une fois de plus, mais je ne vais pas plus loin. Le thé bu, je l'ai embrassée avec ferveur et je suis rentré chez moi. J'aimerais bien recommencer souvent ces fins d'après-midi.

L'habitude d'être heureux... Si je n'ai pas encore goûté l'ivresse, c'est le bonheur que je connais, en effet. Philippe et moi (ô délice : Philippe et moi) avons décidé d'un accord à peu près tacite d'entrer dans cette liaison avec tendresse. Nous savons que ce que nous vivons en ce moment ne se reproduira plus.

Joie unique des préludes !

Il y a des jours où ma vie n'est pas facile. Je fais très attention de n'être pas affecté dans mon travail par (comment dire ?) les bouleversements que je connais maintenant. C'est étonnant ce qui se passe au bout d'un stylo, au bout des doigts : j'allais, il me semble, écrire « en ce moment » et j'ai refusé cela en un temps trop bref pour compter et c'est « maintenant », qui indique la durée, qui est venu remplacer ce qui n'avait pas encore été écrit.

Toute la journée d'hier, j'ai dû régler des affaires compliquées. Le téléphone, le courrier, le fax, passer d'une langue à l'autre, parler aux secrétaires qui sont sur les dents, mais qui feignent l'impassibilité alors que leurs mains tremblent de fatigue, discuter longuement avec un collègue qui n'est pas tout à fait du même avis et qui chipote sur les détails, c'est crevant. À cinq heures, tout s'arrête. C'est une loi, ici, on ne retient pas le personnel une minute de plus. Pour ma part, je peux demeurer aussi longtemps que je le juge nécessaire. Le téléphone ne sonne plus, mais je peux appeler. Heureusement, je peux appeler.

– Voulez-vous dîner avec moi ?

– Oui, que se passe-t-il ? Ce n'était pas prévu.

– Je suis harassé. J'en ai par-dessus la tête. Je suis fatigué.

– Vous verrez, quand je veux, je suis le repos même. Je puis me taire, je puis parler de petits riens, je puis faire les questions et les réponses, je peux vous dire la fable des deux pigeons. « Amants, heureux amants, soyez-vous l'un à l'autre... »

– « Tenez-vous lieu de tout, comptez pour rien le reste »... Cela ne m'a pas été permis aujourd'hui. Six heures ? Nous ferons d'abord une petite balade.

Attenant à mon bureau, il y a un cabinet de toilette très complet et, dans un de mes tiroirs, il y a toujours une belle chemise fraîche. Je suis arrivé au rendez-vous aussi content de moi que je puisse l'être. Il est monté dans la voiture et, sitôt assis, il a mis la main sur moi en disant « comptez pour rien le reste ». Je me dis, parfois, tellement je l'aime, que je me contenterais, peut-être, de ce que nous sommes encore.

Mais je n'ai pas besoin de *La Clef des Songes* pour savoir que l'impatience me gagne.

J'ai donc donné mon dernier cours de géologie avant ce que Philippe appelle notre fugue. J'en suis plus qu'au projet, j'ai téléphoné à un hôtel que je connais un peu pour y être allé avec un groupe de géologues. Je retiens encore par téléphone. Je préfère qu'une voix humaine me dise à quoi je peux m'attendre et réponde à mes interrogations. Au reste, si j'ai toute la technologie électronique nécessaire au bureau, je n'ai, chez moi, que de modestes appareils pourvus d'afficheurs, ce qui me permet de ne pas répondre quand je reconnais le numéro d'un raseur. Est-ce que cela se dit encore un « raseur » ? C'est peut-être sorti d'usage, comme dit M. Alain Rey dans son *Dictionnaire historique de la langue française*. Mais si on ne peut plus employer raseur, on ne peut, du coup, dire « la barbe », il me semble. C'est pourtant bien utile car ce n'est pas grossier.

Ce dernier cours s'est bien passé, si ce n'est qu'un des garçons, qui s'assied tout au fond, m'a semblé lire un journal tout le temps. À un certain moment, j'ai cru voir qu'il le tenait plié à la façon des lecteurs du *Monde* dans le métro parisien, tout étroitement, de la largeur de deux colonnes. Au moment des questions – je ne fais pas que répondre, j'interroge aussi –, j'ai eu envie de lui poser une de ces colles ! Et puis, non. Je ne ressentais aucune agressivité. Au fond ces cours sont destinés à nous faire découvrir ceux de nos jeunes employés qui sont assez doués pour être intéressants. Il y a souvent des postes à remplir. C'est la seule récompense qu'ils peuvent espérer. Je ne vais pas leur donner des bulletins comme à l'école. Il faut que je tienne compte de tout.

Philippe est d'une discrétion exemplaire. Il cherche surtout à ne pas attirer l'attention, même si ses travaux sont toujours excellents. Il est le seul parmi les temporaires de l'été qui ait demandé à s'inscrire. Cela le situe à part, le plus furtif signe de connivence pourrait se remarquer et lui nuire. Peut-être pas, après tout. Je réagis encore comme au temps de toutes les interdictions.

Vers la fin du cours, j'ai commencé à sentir des impatiences dans les jambes. Pour un peu, je me serais levé en déclarant que « l'école est finie ». Cependant, il n'y a pas d'exemple que moins cinq n'arrive pas à la fin de l'heure, puis le temps de dire : « Reposez-vous bien, amusez-vous et revenez dans deux semaines disposés à bien travailler. Il n'y aura donc pas cours lundi prochain car, pour la plupart d'entre nous, la longue fin de semaine, « le pont », ne sera pas terminée ».

Je suis retourné au bureau, j'y étais à peine que Philippe a gratté à la porte, avec « un livre à rapporter » sous le bras.

Au bureau, on se ressent de l'imminence de ces courtes vacances. Nous sommes tous plus ou moins exténués par l'été ; le travail qui a été si pressant ces derniers temps se relâche beaucoup. Je termine quelques petites choses qui traînent, mais il en reste toujours une, plus ou moins épineuse, et j'en prévois d'autres pour le retour. Le retour, mais oui... C'est inéluctable : ce bonheur qui m'attend, qui sera, j'en suis sûr, tout ce que j'aurai vécu de plus merveilleux, cette chose unique après quoi je soupire à m'en rompre le cœur, je la vivrai bientôt et puis, je l'aurai vécue et quel que soit notre amour durant toute la vie, elle sera un souvenir. Le retour, mais oui... Le bonheur porte en soi une pointe de mélancolie. Ah ! le temps qui passe comme le vent du soir !

Pour remplir cette attente, j'essaie de me donner des occupations. Les plus efficaces sont les plus futiles. J'ai fait une sérieuse révision de mon sac de voyage – le moyen, dont la serrure est bien réparée –, de ma trousse de toilette – les flacons sont pleins –, du nombre et de l'état des vêtements de rechange que je compte prendre. J'ai une lingère qui s'occupe bien de mes choses. Je suis ce qu'on appelle un vieux garçon, il est vrai, mais j'ai horreur de ce qui va souvent avec cette condition : les boutons qui manquent, les boutonnières effrangées, les poches de pantalon qui laissent échapper la monnaie. Quand je dis cela à maman, elle me répond qu'il y a beaucoup d'hommes mariés qui souffrent tous ces désagréments. Quand j'ai quitté la maison parentale, ce fut par souci d'indépendance. Je ne voulais pas habiter là toute ma vie, j'aurais pu, mais alors comment se faire une soirée de lecture, une soirée de musique, une journée de solitude ? On se doit à ceux avec qui l'on vit et ne donne-t-on pas plus de joie en allant visiter ceux qu'on aime, les bras chargés de fleurs ou de gâteaux, qu'en arrivant tous les soirs, attaché-case à la main et cernes de fatigue aux yeux ?

D'autre part, j'ai conservé toutes les commodités d'existence de la famille, par exemple, cette lingère, c'est celle que j'ai toujours vue, tous les samedis, rapportant le linge propre et prenant les sacs de la semaine écoulée. Elle fait la même chose pour moi. Si je veux recevoir, ce qui est rare, je demande le même traiteur que celui qui allait déjà chez mes parents pour les garden-parties d'Hélène, l'année de sa graduation, seulement, il est trop âgé et c'est son fils qui a pris le relais. De temps en temps, il y a un restaurant, ou une boutique, qui disparaît et j'en profite pour perdre l'habitude d'avoir autant d'habitudes.

Pourquoi, grands dieux, écrire tout cela ? Comme d'autres fument ou font les cent pas, ou grignotent des biscuits. Je ne sais pas occuper le temps. Je voudrais déjà être au moment du départ et je ne puis rien faire pour l'avancer. Des minutes ? Non, des heures !

Juste au moment où je n'en pouvais vraiment plus, Philippe a téléphoné. C'est un don rare que celui de deviner que c'est le moment de dire à l'autre les mots qui font prendre patience.

Il y a une semaine que je n'ai écrit dans ce cahier. Une semaine qui a compté plus que tout ce que j'ai vécu.

Elle a commencé par quatre jours de toutes les perfections.

Départ très tôt le matin, à peine si le soleil commençait à rosir le ciel. La route est restée déserte jusqu'à huit heures, la conduite était facile, les pavages sont meilleurs à l'automne quand tous les dommages de l'hiver ont été réparés. Il y a quelques mois, comme cela, chaque année où l'automobile n'est que plaisir entre les touristes d'août et les poudreries et les verglas de l'hiver. Calme velouté. C'était la première fois que nous avions autant d'heures de conversation devant nous. Je suis plein de curiosité que je n'ai pas voulu manifester jusqu'à présent.

Poser des questions, je ne l'aurais fait pour rien au monde. Il y a, pourtant, tellement de choses de lui que je ne connais pas. Nous parlons sans cesse de nous, mais de lui, il dit très peu.

– Je voudrais que tu me parles de toi.

Grand éclat de rire.

– Tu m'as dit « tu ». Moi, je ne pourrai pas. Je t'avertis tout de suite que ça me sera très difficile. Alors qu'est-ce que je fais ?

– Tu fais comme moi, sacripant. Alors, ta vie à toi, tu ne m'en parles jamais. J'ai l'impression que tu es seul, libre comme l'oiseau... Tu sais, il m'est arrivé, au début, de m'interroger. Je te trouvais bien mystérieux, et je me demandais si je n'allais pas te ravir à quelqu'un, à quelque chose, te prendre ta vie.

– Si je ne parle jamais de tout cela, c'est que je n'aime pas être pitoyable. Je ne voulais surtout pas avoir l'air du pauvre petit en quête d'un abri.

Je lui ai répondu qu'il faisait plutôt envie que pitié.

– J'ai compris cela, que je te faisais envie, dès le jour du gros orage. Je ne voulais pas que tu changes d'avis. Je vis seul parce que je suis seul au monde, sauf un tuteur, mon oncle, qui est en Provence depuis que je suis majeur, car je suis majeur et on peut me détourner sans que la justice s'émeuve. Le moment de sa retraite est arrivé en même temps. Nous avons été chez le notaire, nous avons réglé mes toutes petites affaires, je l'ai remercié pour le très vif dévouement qu'il m'avait manifesté pendant quinze ans et nous nous sommes dit au revoir. Tout cela réparti sur plusieurs jours, quand même. Depuis lors, trois ans et quelques mois, maintenant, il est venu me voir deux fois. Vous voyez que je ne suis pas un enfant abandonné.

– Et tes parents ?

– Rien que de très banal, comme on voit tous les jours dans les journaux. Ils sont morts ensemble, accident de voiture, sur la route où nous sommes, mais plus loin.

– Et toi, où étais-tu ?

– Chez mon oncle qui était mon parrain aussi. Il me gardait souvent chez lui pendant les absences de mes parents. Il m'aimait beaucoup. Il m'a gardé et comme il vivait seul, il a pris une nounou qui a fini, comme je grandissais, par être simplement la bonne. Nous nous sommes séparés tous en même temps.

Je ne me souviens plus de tout ce que nous nous sommes dit. Nous avons projeté d'aller voir son oncle en Provence. C'est un merveilleux projet. Nous avons un peu déliré là-dessus puis, assoiffés, affamés, parler autant donne soif autant que faim, nous sommes arrêtés à une petite auberge avec jardin d'hiver meublé de quelques tables. Nous avons dévoré toute une assiette de petits sandwichs très anglais au concombre, au cresson, au pâté. Une demi-heure de repos et de rafraîchissement.

– Vas-tu écrire dans ton cahier que nous avons fait pipi ensemble ?

– Oui, mais en nous tournant le dos. Aussi, que nous avons brossé nos dents, peigné nos cheveux, savonné nos mains.

– Tous ces adjectifs possessifs, c'est la conjugalité qui commence comme ça.

Nous sommes remontés dans la voiture en pleurant de rire. C'est un garçon qui rit facilement. Il passe sans effort d'un extrême à l'autre. Alors que nous échangeons, parfois, des propos qui font un peu trembler la voix, il y glisse un mot léger, comme pour souligner que l'amour, ce n'est pas tragique et que le rire lui est meilleur que « les plus belles larmes, après quoi il faut toujours de moucher », a dit une célèbre poétesse que je n'ose pas nommer, car il y a bien cent ans qu'elle a dit cela.

Le repas nous trouva sans beaucoup d'appétit après ce thé de dix heures. Comme il était quelconque, il nous servit surtout de temps d'arrêt. À trois heures, nous repartions. Philippe s'endormit, la tête sur mon épaule. Conduite prudente.

Nous avons bien fini par arriver à Niagara. Le jour tombait. Le bruit des cataractes s'entend de loin. On commence, comment dire ? par le prendre pour le silence, mais en s'approchant, on comprend qu'il avale les autres bruits. Il ressemble à celui qui précède un tremblement de terre.

– La secousse tellurique, dit Philippe.

– Pourquoi ? tremblement de terre ne te suffit pas ?

– J'étudie la géologie et je veux faire honneur à mon professeur.

Enfin, nous étions là ! Que dire de plus ? Vers huit heures, j'ai demandé le dîner à la chambre. Philippe s'est détaché de moi en soupirant.

– Je vais peut-être te scandaliser, je meurs de faim.

– J'ai toujours pensé que l'amour n'ôte pas l'appétit, bien au contraire.

Heureusement, tout était très bon, je me souviens de cela. Le reste se télescope un peu dans ma mémoire. Il est très tendre, très doux. Il se pelotonne contre moi, contre moi, comme un petit chat. Il ronronne qu'il m'aime depuis qu'il me connaît, qu'il m'aimera toujours. Il est si caressant que le plaisir s'épanouit sans qu'on le cherche beaucoup. Mystérieusement, si on peut dire. Il est discret, il parle bas, il soupire « je t'aime encore plus ».

Je ne saurais dire si j'ai dormi et quand. Au matin, c'est certain, mais d'un sommeil bien léger, car c'est le contact de sa peau fraîchement lavée, presque froide, qui m'a réveillé.

Philippe a voulu déjeuner, là il fallait dire « luncher » autrement on ne se faisait pas comprendre, dans le « restaurant qui tourne ». À cette heure, le soleil dardait à pic sur les chutes. Arcs-en-ciel, poudroiement, brumes floconneuses qui remuaient doucement et le bateau qui fait métier de s'approcher dangereusement de la cataracte, j'avais déjà vu tout cela, mais je n'en soufflais mot pour ne pas décevoir Philippe qui, s'étant consciencieusement documenté, jouait les guides. À part cela, il ne parlait pas beaucoup. Même silencieux il répandait comme un parfum de bonheur. Je le lui dis.

– Non seulement je suis heureux, mais je suis content, c'est autre chose, dans chaque petite fibre. Content !

Il fronce le nez et la bouche comme un enfant qui va vous plaquer un gros baiser sur la joue. Il est beau à mourir.

Tous les jours, nous nous sommes promenés dans les jardins, les parcs qui sont encore pleins de fleurs. Devant une espèce que nous ne connaissions pas, Philippe a suggéré que c'était peut-être des cattleyas. Pourquoi pas ? Nous sommes allés sous la cataracte. C'est à la fois amusant et inquiétant. Nous avons d'abord endossé de vastes imperméables jaunes avec des capuchons. On entre dans une sorte de tunnel où le bruit est incommodant. La voûte n'est pas étanche, il tombe un peu d'eau ici et là. La première idée qu'on a c'est de se demander qui est l'extravagant qui a percé ce truc qui ne sert à rien qu'à faire peur. La deuxième, qui en découle, c'est celle de la difficulté – joyeux euphémisme – où on se trouverait en cas de secousse sismique, ou même, seulement – seulement ? – d'éboulis. Sortis de là et dépouillés de nos cirés, nous avons constaté que nous avions pensé à peu près la même chose.

– Sais-tu à quoi j'ai pensé ? Que tout ça pouvait dégringoler, auquel cas nous serions morts là, tous les deux. Ensemble comme mon père et ma mère. Je me demande toujours comment cela s'est passé, s'ils ont eu le temps de se dire une ultime parole d'amour. Tu sais que mon oncle ne m'a jamais dit qui conduisait la voiture. Il prétendait qu'il ne le savait pas. Comme ça, je ne pouvais accuser que le hasard. Est-ce que vos parents s'aiment ?

– Oh oui ! Si bien que j'épiais leur amour, comme on lit un roman, on veut savoir, on est passionné par l'intrigue amoureuse. Je feignais de laisser tomber ma serviette pour voir, sous la table, leurs pieds enlacés. J'entrais silencieusement au salon pour les voir se parler très bas, en se tenant la main. Ou bien papa gardait contre sa joue la main de maman et, de temps en temps, il y posait un baiser, tout petit, un bisou, comme machinalement, comme on croque un bonbon.

– S'ils vous apercevaient, cela ne les gênait pas ?

– Pas le moins du monde. Quand j'étais de nouveau seul avec elle, je lui prenais la main et j'y posais la bouche, croyant goûter quelque chose d'agréable.

– Et alors ?

Il attend, l'œil pétillant, la réaction de maman.

– Rien... C'était doux et parfumé. Maman riait et disait parfois « ah ! le fils à son papa ». Je n'étais pas déçu, c'était doux et parfumé. Mon nez m'a toujours donné beaucoup d'agrément. Il est très savant.

– Et plein de curiosité, je sais.

Cet enfant me fait souvent rougir, mais c'est de plaisir. Il est à la fois tendre et audacieux. Tendre dans l'ordinaire, il peut être audacieux dans ses propos. Exigeant aussi. Au téléphone, la veille de notre départ, il m'a dit : « Si ce n'est pas pour toujours, il ne faut pas. » Et cet après-midi, tout à coup, comme après mûre réflexion : « Si tu me quittes, un jour, ce sera parce que tu ne m'auras jamais aimé. »

– Et si ce que tu dis est vrai, je suis là pour un bon moment.

Nous avons ri un peu. J'avais ma gabardine repliée sur le bras, par-dessous, il m'a serré la main.

–Rentrons, tu veux...

Au bout de ces quatre jours, il a bien fallu revenir. Philippe avait l'air un peu triste.

– C'est très court une longue fin de semaine, soupirait-il. Enfin ! ceux qui disent que la perfection n'existe pas ne nous ont pas suivis.

Je ne lui réponds pas qu'il y a peu de chance que cette perfection soit quotidienne. J'étais comme lui, à son âge. J'imaginais, devant moi, toute une vie facile, pour la simple raison que je ne ferais rien pour la rendre difficile. Je la voyais partout comme celle que je vivais parmi « cette race fameuse en bonhomie ». Et puis, grands dieux, il verra que la vie on ne peut jamais la rendre complètement inoffensive.

Soudain, j'ai pensé à maman. Il nous reste toujours le sentiment que chaque bonheur se paie et, celui que j'ai, si jamais je paie ce qu'il vaut ! Philippe est sensible, il me regardait depuis un moment.

– Tu ne veux pas t'arrêter pour téléphoner chez tes parents ?

Je lui ai dit que cela ne pourrait que les inquiéter, que je suis avec lui et que j'y resterai tout le temps de ce petit voyage. Il a fait un grand soupir.

– Alors, tu ne veux pas t'arrêter pour m'embrasser ?

– Non, je t'embrasserai quand nous serons chez moi.

– Chic ! faisons des provisions.

Cependant, je continue à penser à maman et à mon père, qui est peut-être tourmenté, qui cherche peut-être à m'atteindre par le téléphone mobile, mais je l'ai laissé chez moi pour être tout à fait seul avec Philippe et voilà que je me tracasse.

Je le regardais avec curiosité, ce garçon libre comme l'oiseau, et je me demandais s'il est préférable d'avoir cette liberté, au lieu d'être taraudé par l'inquiétude, par le pressentiment. J'essayais de me secouer et de retrouver la paix. J'ai glissé ma main entre ses genoux qui se sont fermés avec force.

– Non. Quand nous serons chez toi.

Il rit de cette malice, mais il a gardé ma main prisonnière et ne l'a libérée qu'au moment où la circulation est devenue difficile. Je conduis très prudemment. Il l'a bien remarqué et me l'a dit avec un brin de moquerie.

– J'ai ta vie dans mes mains, sais-tu ?

Il a répondu par une sorte de grognement voluptueux de gros félin.

En arrivant chez moi, Philippe a tout de suite demandé la permission de monopoliser la salle de bains. Grand bruit d'eau, toute la robinetterie, destiné, je l'ai bien compris, à me laisser seul pour téléphoner. J'ai vérifié les appels. Peu de choses, c'est bon signe.

C'est mon père qui a répondu, la voix joyeuse, que de bonnes nouvelles : maman est bien, le docteur a téléphoné, il ne semble pas pressé par l'état de santé de sa patiente. Je respire, comme si je venais d'échapper à un péril. Nous avons parlé d'elle assez longtemps. Cependant, papa a avoué être un peu curieux.

– Tout a été bien, aucune déception ?

Je l'ai rassuré. Pas l'ombre d'une déception. Ce n'est pas un père ordinaire, je le lui ai dit et puis je l'ai remercié.

– Tu sais, là où il y a sincérité, je ne suis jamais contre.

– Vous dites des choses bien agréables.

– J'en sais d'autres : viens nous voir avec ton jeune compagnon, quand tu voudras.

J'ai raccroché et Philippe est sorti de la salle de bains, fleurant l'eau fraîche et la savonnette Vichy. Tenue d'intérieur. J'ai pris sa place. Il a laissé la salle de bains impeccable, pas une goutte d'eau sur le plancher, serviettes bien en place. N'était cette tiédeur qu'a laissée l'eau chaude, il n'y avait pas trace de son passage.

J'ai endossé mon plus beau veston d'intérieur. C'est un cadeau d'Hélène, il y a déjà longtemps, mais en réalité, je n'ai jamais eu l'occasion de le porter. J'en ai quelques-uns très ordinaires « pour homme seul ».

Le traiteur a apporté un bon dîner. Il va falloir que je me remette à faire un peu de cuisine, toujours le traiteur, toujours le restaurant, c'est comme pour mes vieux vestons d'intérieur. J'ai sorti une nappe bleue, les serviettes assorties. J'ai beaucoup de jolies choses qui me viennent de grand-maman et de ma marraine. Je ne m'en suis pas beaucoup servi. J'ai sorti cela avec contentement et j'y ai disposé les plats. Nous avons rapproché nos chaises. Philippe a l'air ravi.

– C'était bien, au restaurant qui tourne, mais ici c'est encore mieux. Cependant, je me demande pourquoi je suis assis à ton côté. Tu t'es toujours placé devant moi.

– Petit menteur. C'est toi qui m'as, en quelque sorte, forcé à m'asseoir face à toi.

– C'est vrai. C'était pour te regarder au fond des yeux jusqu'à ce que tu te prennes à m'aimer.

– Et alors ?

– Je veux qu'on me pende si je n'ai pas réussi.

Le lendemain, il a bien fallu retourner au travail. J'ai connu des hommes à qui l'amour donnait une ardeur, une fébrilité, dans tout l'ordinaire de la vie. Ce n'est pas mon cas, je dois le reconnaître. Je ne me sens d'ardeur que pour Philippe, pour le reste zéro. Je suis paresseux de nature, mais je suis accoutumé à faire comme si je ne l'étais pas. J'ai trouvé longue la première journée. Toutefois, je savais que je ne retrouverais pas Philippe chez moi en rentrant. Pendant que je le reconduisais, il m'avait parlé de ses études avec une détermination, une ambition, que je reconnaissais pour les avoir connues autrefois. C'est dire que nous ne nous verrons pas tous les jours. C'est bien. « Il faut que je me fasse désirer », m'a-t-il dit, un jour. Ce n'est pas de ça que je manque.

Maman a téléphoné, le soir après dîner, pour me dire qu'elle partageait le sentiment de papa et qu'elle souhaitait connaître mon jeune compagnon si je le jugeais bon et s'il le désirait. De petits propos en petites phrases, nous en sommes venus à nous dire tout le nécessaire : non, Philippe n'était pas un jeune étourdi ; non, il ne s'agissait pas d'une petite aventure ; non ceci, non cela. C'est moi qui fournissais ces termes-là, maman ne fournissant que les points de suspension. Puis, elle m'a avoué qu'elle m'avait deviné il y avait longtemps (et moi qui ne disais rien !), qu'elle s'était inquiétée de me voir sans attache sentimentale et, encore plus autrefois, quand elle apprenait que je voyais quelque jeune fille, sachant bien que je ne pouvais, de ce côté-là, que perdre ma vie. Quant à ces projets de rencontre, je l'ai assurée que j'en parlerais à Philippe.

Une fois assis dans le fauteuil où je lis le plus volontiers, j'ai repris mon livre. Il m'est, tout de suite, tombé des mains. C'est que beaucoup de questions restent sans réponses que les propos de maman m'empêchent de négliger, soudain. Pourquoi ai-je été si longtemps discret avec ma famille ? Ce n'est toujours pas par peur d'être blâmé ? Elle est tout entière pétrie de tolérance, de compréhension et du désir que nous soyons heureux. Mes parents sont très férus de « convenances », mais pas de celles qui défendent d'aimer. Maman serait désolée si elle recevait à un grand dîner à quoi ses enfants prétendraient assister en shorts et en débardeur. Mais si on veut lui dire, de façon malveillante, que son fils est amoureux d'un garçon, elle peut aussi bien répondre : « Oui, et d'un charmant garçon que nous aimons beaucoup ! » Autre chose, ce que j'ai appelé « le soir de l'œilleton » quand je l'ai raconté à Hélène. Pourquoi n'ai-je pas ouvert ? En première analyse, j'ai cru que c'était parce que je croyais que je n'avais pas de talent pour l'amour. Les heures et les jours passant, je me suis longuement demandé s'il ne rôdait pas par là une vieille idée de culpabilité. Puis, j'ai pensé que cet amour-là me paraissait plus difficile à vivre et que j'en avais tant vues qui tournaient mal...

Il est difficile d'être raisonnable. Les jours où Philippe doit étudier, nous échangeons quelques mots au téléphone, c'est tout. Cependant, il ne faut pas que ces menus propos soient trop brûlants, ce qui ne faciliterait pas le travail. Il est très pudique et ne parle volontiers que de ses sentiments. L'autre soir, je lui ai dit combien je m'ennuyais de lui.

– Moi aussi, je m'ennuie de partout. Tu vois que je suis franc ce soir. Est-ce qu'on pense à samedi ? Cette semaine, j'ai étudié en double tous les soirs. J'ai potassé ton cours aussi.

– Où je finirai par t'interroger, au moment où tu t'y attendras le moins.

Pour tout dire, je ne crois pas être capable de faire cela bientôt. Je crains de me trahir, d'une façon ou de l'autre, un tutoiement, une intonation, que sais-je ? Un regard...

– Mais oui, je pense à samedi et même à vendredi soir, si tu es libre.

– Libre ? Cette blague ! Tous les vendredis, jusqu'à la fin des temps.

Cet enfant me fait peur. Il dispose de sa vie comme si ce n'était rien du tout. Je lui fais remarquer que ce qu'il vient de dire est une sorte de serment. Il rit et m'assure que c'en est un et qu'il le tiendra. Je le crois. Je ne demande que ça.

Nous avons parlé de notre vie à venir. Nous y pensons ensemble et aussi chacun de son côté, à ce que je vois. Il emploie souvent l'expression « ce qui serait le mieux ». Comme je lui parlais de venir, bientôt, vivre avec moi, il a fait « non, non, pas maintenant ».

– Quand j'aurai terminé mes études. Je veux étudier comme un forcené d'ici là. Je veux être stoïque, opiniâtre. Et puis, je veux que tu me connaisses si bien et que je te connaisse si bien que nous ne risquions aucune déception. Je suis très arriviste... en amour !

– Tu veux tout ?

– Et bien plus encore !

Il rit et se jette dans mes bras. J'ai appris à être solide sous le choc, on n'a pas toujours un mur derrière soi.

– Un jour, tu me jetteras à terre.

– Chic ! Nous ferons l'amour sur la moquette.

Mes fins de semaine sont, maintenant, une longue ivresse où parler d'amour nous semble inépuisable, alors que c'est si difficile pour la plupart des gens. Je ne me connaissais pas ce talent-là. J'ai dû l'hériter de mes parents qui sont toujours à se chuchoter à l'oreille. Une nuit, dans le noir, ou presque, il m'a dit combien il avait été malheureux de ne plus me voir après la petite fête donnée au bureau pour la fin des emplois d'été. Aveu pour aveu, je lui ai dit que j'étais derrière la porte le soir où il est venu sonner. Il est resté silencieux un long moment.

– Je n'aurais jamais dû faire cela. C'était indiscret. Je l'ai tout de suite regretté.

– Et moi, j'ai beaucoup regretté de ne pas t'avoir ouvert. Mais beaucoup, tu sais. Je suis retourné m'asseoir aux prises avec toutes sortes d'idées confuses sur ce que je venais de refuser.

– Tu étais là... Je pense que si tu n'as pas ouvert c'est que tu ne savais pas encore que tu m'aimais. Et moi pourtant... Tu m'as peut-être pris pour un écervelé. C'est que je craignais de ne plus jamais te voir. Ce soir-là, j'étais dans ton quartier. En réalité, j'y venais souvent à des heures différentes. J'ai rassemblé tout mon courage.

– Mais j'en ai eu plus que toi. T'avouerai-je que mes mains tremblaient au point que j'aurais été gêné d'ouvrir la porte. Je sais, maintenant, que ce n'était pas parce que j'éprouvais du désir pour un garçon et que cela me faisait peur, non, c'était parce que j'éprouvais de l'amour et que l'amour coupe le souffle.

Après cela, nous avons pris un bon moment à reprendre le nôtre.

– À cette réunion où nous sommes allés prendre un verre, où tu étais si élégant, j'ai compris, en te regardant, qu'une autre tentative serait la bonne.

– Une tentative de ?

– De te séduire. Tout ce que je faisais tendait à te séduire. Quand j'ai appris que tu donnerais un cours de géologie, j'ai fait beaucoup de démarches et quelques mensonges pieux pour arriver à m'inscrire. Je n'étais là que pour l'été. Après, j'ai longtemps réfléchi, j'ai préparé toute une stratégie : pendant le cours, pas de surprise, j'étais là et je te regardais ; après je comptais bien que tu serais seul dans l'ascenseur, si tu ne l'avais pas été, je t'aurais demandé un conseil pour mes lectures utiles.

– Heureusement, j'étais seul. Le sort était pour nous.

– Le dieu de l'amour. Comment s'appelle le dieu de l'amour ?

– Amour !

– Comme tout est simple !

– Tu n'as rien laissé au hasard ? Tout ce qui est arrivé, tu l'as voulu ? Cela m'étonne.

– Mais si on laisse les choses aller toutes seules, il ne se produit rien. Le hasard peut faire qu'en dix ans on ne se rencontre plus jamais. Je mourais d'impatience. Et toi ?

– Je manquais d'audace. Je rêvais de toi. Je ne savais pas comment te faire comprendre.

– C'était à moi d'être audacieux. Tu ne te connaissais pas. Tu m'attendais.

Rien de plus vrai.

J'ai eu une longue conversation au téléphone avec maman, hier dans l'après-midi. Il faut d'abord dire qu'en passant devant la pâtisserie qui a nos préférences, je l'ai aperçue prenant le thé avec une jeune femme que je n'ai pas reconnue tout de suite. Les années ont passé, les cheveux deviennent blonds. Bref, c'était Laure. J'ai filé vite, mais j'ai téléphoné à maman le soir même.

– Mais nous nous voyons, comme ça, de temps en temps et toujours à la pâtisserie. C'est la sienne aussi. Parfois, nous n'avons que le temps de dire deux mots, parfois nous prenons le thé, si c'est l'heure.

– Qu'est-ce qu'elle devient ? Je ne sais plus rien d'elle depuis que...

– D'abord, elle s'est mariée. Puis elle a divorcé assez rapidement. Elle a un copain, comme disent les jeunes femmes, maintenant. Je ne suis pas très au courant, je pense que dire un amant cela ne se fait pas. C'est considéré comme vulgaire, peut-être.

– Démodé, plutôt, maman.

– Passer tout de suite du défendu au démodé, ce n'est pas de chance.

De fil en aiguille, nous avons parlé d'autres jeunes filles que je voyais autrefois. Il y en eut de charmantes, quelques-unes avec qui les tendresses furent assez poussées (que c'est dit pudiquement !). Je n'en retrouve que deux dans ma mémoire. Cela doit être la vérité, je ne suis pas si ingrat. Je me souviens surtout d'une grande tristesse, une détresse, le sentiment d'une tromperie envers elles, bien sûr, mais aussi envers moi, envers ce que j'attendais. J'ai conservé quelque temps le court billet que l'une d'elles – il ne s'agit pas de Laure, mais l'autre, je ne me souviens plus du tout de son prénom, c'est affreux – m'avait écrit : « Vous ne m'aimez pas, vous ne pouvez pas m'aimer. Vous ne me désirez même pas. » On ne peut que répondre un mot d'excuse, mais quoi ? J'avais pourtant le sentiment de me conduire honorablement, si j'ose dire, mais on ne peut pas toujours donner le change. À un certain moment, j'ai enterré tout cela au plus profond, sans plus me poser de question, comme si, pour moi, l'amour n'existait pas, par manque de talent ainsi qu'on peut en manquer, par exemple, pour la culture des fleurs, le bricolage, le sport, que sais-je ? Le temps passait...

Et puis sont arrivés les « emplois d'été ». Parmi l'essaim de jeunes filles, j'ai aperçu Philippe dont la tête – charmante – les dépassait toutes. Nous sommes ainsi faits que nous n'avons nul besoin de nous interroger, de réfléchir. Une onde de chaleur, un mouvement profond, une alerte... Je n'avais plus qu'à résister de mon mieux.

J'ai fait lire ces dernières lignes à Philippe, vendredi dernier. Il est demeuré tout songeur, un peu triste et puis, soudain, amusé.

– C'est vrai que tu m'as beaucoup résisté. Tu sais, maintenant, que je suis patient, imaginatif, prétentieux, entêté. C'est ce qui a fait que je me suis jeté sur toi comme la misère sur le pauvre monde. Quand je t'ai fait le coup de l'ascenseur, je n'ai pas cru un instant que tu me repousserais. Qu'est-ce que tu as à te tordre de rire ? Je suis sérieux !

– C'est le coup de l'ascenseur. Excuse-moi, c'est irrésistible.

– Tu as dû le remarquer, je cherche toujours à te faire rire. Tu étais si sévère quand je t'ai rencontré.

– Et si pusillanime.

– Tiens, ça c'est joli, pusillanime ! Pusillanime ! Pour un peu, je regretterais que tu ne le sois plus.

Il pose sa joue contre la mienne et, si je fais mine de laisser courir ma main sur lui, il fait « chut, chut ». Il dit : « L'usage crée le bonheur, l'abus le tue. » Il prend l'air sévère, celui que j'avais autrefois, si je comprends bien.

Il est discret. Quand, par exemple, le téléphone sonne, il disparaît dans les profondeurs de l'appartement. Je l'entends qui remue des choses, qui remplit la bouilloire, moud le café. Il attend que j'aie terminé pour revenir avec les tasses et la cafetière. Il est harmonieux.

– Sais-tu ce que je me dis ? C'est que tu es si agréable qu'un jour, on te prendra à moi.

– Ne compte pas trop là-dessus. Je suis là pour toujours. Et puis, tu sais, il n'y a que toi pour me trouver si parfait.

C'est peut-être vrai, au fond.

Il y a déjà près de trois mois que nous sommes allés à Niagara. J'aurais voulu organiser un autre court voyage. Philippe ne veut manquer aucun cours. Je crois deviner qu'il souhaite terminer ses études « avec tous les honneurs », pour que je sois fier de lui. Quel enfant ! Pour qu'il se détende un peu, j'ai pensé lui offrir, à titre de cadeau de Noël, une semaine auprès de son tuteur. J'aurais pu l'accompagner jusqu'à Paris où, cette semaine terminée, il serait venu me rejoindre. J'ai toujours, là, quelques personnes à voir. Je commençais à me persuader de l'utilité de la chose. Puis, il a bien fallu que je laisse monter à la surface ce qui, au fond de moi, me tracassais ; les fêtes de fin d'année où maman sera là nous sont peut-être comptées. Bref, j'ai téléphoné à Hélène pour m'enquérir de ses projets.

– Je ne sais pas encore. Tu connais ce que je pense, m'a-t-elle dit. Quand il s'agit d'amour, les parents n'ont plus la priorité. C'est la cruauté de l'existence, mon cher, je regarde les petits grandir et je compte les jours de ma préséance.

Mais pour notre maman... Quand j'ai parlé de tout cela à Philippe, il m'a répondu qu'il aimerait mieux garder son cadeau de Noël pour l'été, alors qu'on n'est pas pressé par le temps. D'autre part, il aimerait, pendant cette quinzaine hivernale, faire avec moi de la randonnée en skis, le matin surtout. On y est en une heure. Souvent, il a neigé pendant la nuit. C'est beau ! Nous reviendrions après le déjeuner, je passerais les soirées des jours de fête dans ma famille et lui m'attendrait chez moi où il passerait le temps à étudier.

– Tu as pensé à tout.

– C'est que je pense à toi toutes les minutes du jour et celles de la nuit, même quand je dors.

– Dis-moi, tu as peut-être pensé aux skis aussi. Je crains que les miens ne soient pas ce qu'il y a de plus nouveau.

– Les miens m'ont été offerts par mon tuteur quand j'ai eu cessé de grandir. Nous n'aurons pas l'air très « up to date », comme on disait en 1925.

Qu'est-ce qu'il connaît de 1925 ? Peut-être plus que je ne le pense. Depuis qu'il vient chez moi, il a souvent le nez dans mes livres et il y en a qui me viennent de famille. Je les lis peu, mais je les conserve parce qu'ils sont pleins de propos sur la vie et sur les artistes de l'entre-deux-guerres et même d'avant-guerre, celle de quatorze. Il me pose des questions qui, parfois, me feraient croire que je suis né la même année que Proust.

De toute façon, si je vois que l'expérience de cette année nous passionne, nous en achèterons l'an prochain. Comme j'aime dire cela. L'an prochain, il sera là, nous serons là, tous les deux. Enfin, ce programme nous convenait si bien qu'il a été décidé de le préparer tout de suite.

La neige nous a été fidèle. Nous avons skié presque tous les matins. Nous sommes à peu près de force égale. Je n'en faisais plus depuis quelques années. Cela revient vite. Cependant, après quelques descentes bien négociées et avoir montré ce qu'on pouvait faire, nous avons compris que la randonnée nous plaisait mieux. On y peut converser, dans la descente on est toujours séparés. Là où nous allons, il y a un sentier balisé, en sous-bois – le bois étant constitué de sapins toujours tout chargés de neige, car il y vente peu – presque sur tout le parcours. C'est d'une beauté fraîche, rieuse dit Philippe, mais il ne peut expliquer pourquoi ; la neige est presque rose sous le soleil et, pour que ce soit complet, on y voit, parfois, une gélinotte ou deux qui cacabent malgré la saison. Là où le soleil ne pénètre pas, il fait bleuté et il y a partout des traces de petits animaux. Je ne me sentais pas aussi jeune à vingt ans. Et c'est pour tout cela que nous y sommes retournés si souvent.

Le dernier soir de l'année, Philippe a été invité à dîner avec moi. Il s'est montré si gentil et, comme dit maman, « si bien élevé » – papa, lui, m'a dit « un bon compagnon » – que j'ai soudain vu, devant moi, une longue série de premiers de l'An, entouré de papa, maman, ma sœur, mon beau-frère, mes neveux et Philippe.

Nous arrivons à mars. Si je n'écris pas souvent dans ce cahier c'est, d'abord, que j'ai trop à faire dans la journée, comme d'habitude en ce temps de l'année, ensuite je rentre si tard que j'ai à peine le goût de manger une bouchée vite faite en rentrant. Cette solitude de tous les soirs, du lundi au vendredi – il y a, bien sûr, des soirs où je sors : invitations diverses, dîners, quelques concerts où j'ai l'habitude d'aller seul, mais je n'en écris rien, ce cahier étant devenu le cahier de Philippe –, cette solitude, oui, me pèse un peu et pas qu'un peu, parfois. Si j'écris ce n'est que le samedi pendant que Philippe lit. Cet hiver, nos samedis ont été des fêtes de plein air. Écriture zéro !

Hier, en mettant la clef dans la serrure, j'entendais le téléphone sonner. Je parvins à décrocher à temps. C'était lui.

– Heureusement que tu as laissé sonner longtemps. Mon afficheur est mort, plus de pile.

– Je sonne depuis des temps immémoriaux. Que fais-tu ce soir ?

– Je m'apprêtais à faire un œuf dur, une salade de tomates.

– As-tu deux œufs, deux tomates ?

– Tu n'étudies pas ?

– Je n'en peux plus. Il n'y a plus rien qui entre.

J'ai eu juste le temps de dresser un petit couvert, de battre quatre œufs, l'appétit me revenant, de sortir un fromage, laver du raisin et il était là. Il s'est blotti dans mes bras comme s'il voulait y mourir. Il était pâle.

– Je pense que mon jeune compagnon, comme dit papa, en fait un peu trop.

– J'ai eu deux cours, un à chaque bout de la journée. Le reste du temps, j'ai étudié à en perdre la tête.

Je l'ai poussé doucement vers la table. J'ai rempli son verre et je suis allé mettre l'omelette au feu. Pendant que je la remuais, il me vint un petit projet que j'apportai à table avec les assiettes.

– Tu n'as pas de cours, demain matin, n'est-ce pas ?

– Non, j'ai tout eu aujourd'hui, quatre heures en tout. Pas eu le temps de déjeuner.

– Tu sais ce que nous allons faire ? Demain matin, je suis malade, pas de bureau. Au reste, je suis fatigué rien de plus vrai. La grasse matinée, pour une fois.

Nous avons mangé lentement, bien persuadés qu'il faut tout faire lentement quand on est si fatigué. Et boire très peu, a dit Philippe. Sitôt la vaisselle sur l'évier, j'ai sorti les vêtements d'intérieur qu'il a ici, maintenant, et je me suis mis à le dévêtir. Il s'est laissé faire tout à fait comme un enfant qui dort à moitié, puis debout, nu, il a soupiré plaintivement :

– Regarde comme j'ai l'air sot ! Donne-moi ma robe de chambre, vite !

Je suis allé me dévêtir à mon tour et, quand je suis revenu il fulminait devant la télévision, bien éveillé.

– C'est affreux. On ne voit plus que de l'horreur. Pauvres gens, on nous montre leurs visages, par-dessus le marché.

En effet, les pauvres gens qui se morfondent sur les civières de l'urgence d'un hôpital de la ville nous étaient montrés sans pitié, les larmes sur les joues, la colère dans les yeux. Comble de l'horreur, voilà la caméra impitoyable qui s'attarde sur les fesses d'un vieillard en chemise de nuit d'hôpital grand ouverte dans le dos, de pauvres fesses tremblotantes, déchues et que nous aurions pu suivre jusqu'au bout du corridor, je présume, si Philippe n'avait coupé. J'en avais froid dans le dos, c'est le cas de le dire.

– Ne jamais accepter cela, a dit Philippe, ne pas accepter, non plus, de le regarder quand on nous le montre avec autant d'insistance que si c'était les fesses de Marylin Monroe (puis changeant de ton), toujours avoir assez de pyjamas pour refuser la chemise ouverte. Aussi, faire de la gymnastique, du ski, de la marche sportive, du judo, de tout, quoi !

– Et puis, surtout, ne jamais être assez fatigué pour aller à l'hôpital. Allons-nous dormir ?

Nous avons passé la plus reposante des nuits. Comme on dort bien quand un corps aimé, chaud, connu, vous épouse étroitement. Et nos respirations jumelles....

L'été sera là bientôt, j'ai donc suggéré à Philippe de téléphoner à son oncle, qu'il appelle toujours son tuteur pour se rajeunir, dit-il. Il faudrait savoir si une possibilité de voyage en Provence concorderait avec ses projets à lui. Il a peut-être une autre vie que celle d'ex-tuteur de Philippe à qui j'aimerais bien offrir ce plaisir. Il a tellement étudié, il a si bien passé ses examens que je ne cesse de lui en faire compliment. Il en est ravi. Il dit que les mauvais cœurs jamais ne louangent.

– Tu es, aussi, un père pour moi.

– Ah non ! ai-je répondu en lui léchant un peu la joue, un bon père ne permet pas de ces privautés.

– Privautés ! Ah que j'aime les privautés, c'est un mot tout intime. Eh bien !

Tu en es un mauvais, heureusement pour nous deux.

Lancé sur le sujet du père, Philippe devient très curieux, il va de question en question, il a des pourquoi, des comment plein la tête. Il veut toujours savoir, à propos de toutes sortes de choses, comment était mon père avec moi, avec ma sœur et surtout avec maman, ce qu'il défendait, ce qu'il permettait, à nous les enfants. L'autre jour, il m'a demandé de nommer une chose qu'il exigeait de nous tous les jours.

– Prendre un bain. Et même, il disait que ses enfants n'iraient jamais au pensionnat, car on y apprend à se baigner une fois par semaine.

– Je pensais que tu allais répondre, je ne sais trop, quelque chose comme apprendre une fable par cœur, lire une page d'anglais à haute voix, téléphoner aux grands-parents.

– Je n'avais plus qu'une grand-mère, celle chez qui nous buvions du frontignan, tu te souviens ? Mais pas avant l'âge de quinze ans. Et toi ?

– Je ne sais pas bien. Mon tuteur m'a déjà dit que mes grands-parents étaient morts, sauf une grand-mère, je pense du côté maternel, qui vivait au loin et qui n'avait jamais donné de ses nouvelles après s'être enfuie avec un acteur de passage, en tournée je suppose. Certains auraient vu son nom à l'affiche d'un théâtre de Bruxelles. Si elle vit encore – elle aurait environ soixante-quinze ans – elle ne sait même pas que j'existe.

– Tu voudrais qu'elle le sache ?

– Avant de te connaître, un peu, parfois. Maintenant, plus du tout.

Ce disant, il a eu un geste charmant. Il a pris ma main et il l'a appuyée sur sa joue, comme je lui ai souvent dit que mes parents font quand ils sont assis seuls, l'un près de l'autre. Avec un grand soupir, il a dit : « Tu es toute ma famille. »

En fin de compte, tous nos plans ont été modifiés. Philippe est allé seul en Provence. Il n'est resté qu'une semaine, car il a eu l'impression de déranger son tuteur qui a une nouvelle amie.

– J'étais d'abord tout content. Il est venu me prendre à l'aéroport avec elle. Une très belle personne, un brin plantureuse, un peu d'accent du midi, tu vois, à qui je n'ai pas plu. J'ai senti cela tout de suite, le ton glacial par-dessus son accent, drôle de mélange. Moi, j'ai toujours été aimé par les amies de mon oncle, et il en a eues beaucoup. Il y en a même une qui me disait, devant lui, au reste, qu'elle m'aimait plus que lui. J'avais douze ans, j'étais enivré. Alors celle-là, qui m'a détesté d'emblée... J'étais très ennuyé et je me demandais, parfois, ce que je faisais là. C'est ce qui m'a décidé d'écourter mon voyage. Je n'ai pas voulu, par exemple, filer sur Paris y passer quelque temps. Je ne veux voir Paris qu'avec toi. Enfin, me voilà, je suis mieux ici, tu le sais.

Cela tombe bien, moi aussi, je suis mieux quand il est là. Si je l'ai laissé aller seul, c'est que l'état de maman est moins bon. Encore une fois, il est question de l'hospitaliser et dès que possible. Ces trois mots, avec les listes d'attente, donne froid dans le dos. L'angioplastie, qui ne semblait plus urgente, va devoir être faite bientôt et je m'interroge avec un certain malaise. Est-ce qu'elle n'a pas dit sans cesse quelle était « on ne peut mieux, vraiment » et « pas la moindre petite crise d'angine » pour rassurer papa, Hélène et moi ? Et moi... Je me figure qu'avec son esprit généreux, elle pensait que ce n'était pas le moment de me donner de l'inquiétude, alors que je projetais, au début, d'accompagner Philippe. Bref, j'attends, d'une journée à l'autre, que le téléphone m'apporte la nouvelle que je redoute et espère à la fois. Bien sûr, je veux qu'on la soigne et qu'on la guérisse, mais je sais bien qu'au fond de moi, j'aurais voulu qu'on n'ait pas besoin de la soigner à l'hôpital, que des soins plus légers soient suffisants, qu'elle ne soit pas malade, en somme. C'est aussi enfantin que ça. Oui, je suis son enfant à ce point-là.

Je me suis interrompu pour répondre au téléphone. Elle entre à l'hôpital demain à quatre heures. Papa veut l'y conduire, seul. Maman m'a parlé, juste après lui : « Mon chéri, des angioplasties, ils en font à la douzaine. Cela n'a rien d'inquiétant. » Elle a bien raison.

Il y a presque un mois que Philippe est revenu et je ne lui parle guère que de maman. Il accueille mes propos avec compassion. Il est l'amour, oui, mais l'amitié même, aussi.

Tout l'automne a passé et une partie de l'hiver, sans que je touche à ce cahier. De temps en temps, Philippe me dit que je devrais le reprendre. Toutefois, je ne puis le reprendre en commençant au temps présent. Il faut bien que je dise que maman est morte.

Mon père qui a été près d'elle presque sans cesse m'a tout raconté. Mais d'abord, on lui a fait cette angioplastie, pourquoi elle a dû attendre si longtemps. Cela s'est bien passé et elle est revenue à la maison. Cependant, quelques jours plus tard, tout change. Elle se plaint de fatigue, elle reste couchée, elle touche à peine à son assiette, un matin, elle fait une petite syncope, brève, mais cela effraie papa et nous, les enfants, tout autant. Le médecin déclare qu'il faudra probablement l'hospitaliser de nouveau. À partir de ce moment, j'ai vécu dans le désespoir. Papa me disait : « Mais non, mais non, elle est forte, elle surmontera tout cela, tu verras. » Il m'a avoué, plus tard, que sans trop le savoir, au fond, il n'en croyait rien.

Ce qui suit, je ne l'ai pas vu. C'est lui qui me l'a révélé, d'une voix que je n'oublierai jamais ct que je n'essaierai pas de décrire. Son récit m'a si complètement saisi qu'en entrant chez moi je l'ai écrit sans attendre, mot à mot, il me semble, et je l'ai relu souvent. J'ai pris, pour cela, mon plus beau papier, celui que j'utilise pour répondre aux « grandes invitations ». C'est, en effet, la grande invitation à l'amour.

Au milieu de la nuit, elle l'a appelé. Quand il a été assis sur le bord du lit, elle s'est mise à parler très bas, en remuant juste les lèvres. Lorsqu'il se penchait sur elle, l'oreille tendue, elle se taisait pour lui baiser la joue. Puis, très nettement, cette fois, elle a dit : « Ma part, tu es ma part. » Papa a ajouté à cela :

– Je ne crois pas qu'elle m'aie jamais dit rien de plus passionné. Après cela, elle n'a plus proféré un seul mot.

J'ai cru qu'il resterait silencieux, lui aussi. Au bout d'un long moment, il a repris son récit, il n'en restait pas bien long, mais j'en suis resté bouleversé. Maman s'est assise dans son lit, l'air paisible, dit-il. Tout à coup, elle s'est inclinée sur le côté, sa tête sur l'oreiller, les yeux grand ouverts. Père a posé la main sur ce cœur qu'il avait fait battre toute une vie et qui s'est arrêté sous ses doigts.

– Tu sais, c'est indicible. Il semble que le cœur résiste à cet assaut final. Il bat à grands coups qui s'espacent peu à peu. Il y en a un avant-dernier, puis un dernier, tout seul, au bout d'un moment qui m'a paru éternel. Je lui ai fermé les yeux que j'ai baisés après, puis la bouche qui était douce et fraîche. Avant de vous avertir et d'appeler le médecin, j'ai pris le temps de caresser son visage, ses bras, ses seins, ses pieds jolis, sa peau aussi douce que la nuit de nos noces. J'ai pris son sexe dans ma main, je l'ai pressé en murmurant « merci » et j'ai pensé : merci pour avoir orné ma vie, merci pour m'avoir donné nos enfants. J'ai eu envie de couper une boucle de ses cheveux. J'y ai renoncé par crainte qu'un jour, on ne sait comment, ils soient jetés à la poussière du hasard. J'ai pensé à tous les aveux d'amour que je n'ai pas faits, que j'ai omis, je ne sais pourquoi, les jours de fatigue, et qui ne seront plus jamais possibles. Bien sûr, je lui ai dit mille fois merci au cours de notre vie, mais j'aurais voulu quelle entende celui-là. Maintenant, je ne prendrai plus jamais personne dans mes bras comme je la tenais, elle. Jamais personne ne se blottira près de moi avec, comme elle disait, « une idée derrière la tête ». Il me reste l'amour au cœur, mais l'amour tangible, je ne connaîtrai plus jamais ça.

Pauvre papa. Il était seul avec moi. Quand je me suis trouvé avec Hélène, je me suis demandé si je devais lui répéter ces propos. Nous étions suffisamment bouleversés. Je les lui dirai plus tard si papa ne le fait pas lui-même.

Les jours qui ont suivi ont été des heures de tristesse, de tendresse aussi et de silence. Il semble que la surprise de cette mort inattendue nous a anesthésiés et il y a eu plus de larmes silencieuses que de grands sanglots. Nous étions, en quelque sorte, heureux d'être tous les trois dans la maison familiale, car le mari d'Hélène a voulu la laisser toute à son père. Philippe s'est installé chez moi où il m'a rendu mille petits services. Hélène et moi avons retrouvé nos chambres d'enfants, devenues chambres d'amis, et nous avons ainsi passé quelques jours. Je ne parle pas du cimetière. Ce fut simple, intime, calme. La pharmacopée, maintenant, nous adoucit les déchirements les plus difficiles.

Le lendemain, je suis retourné chez moi et au travail ensuite. Philippe m'attendait. À la pensée que j'aurais pu, après ce malheur, revenir là où personne ne m'aurait pris dans ses bras – pour ne pas rencontrer l'amour, il suffit de presque rien – je me suis mis à pleurer mais là, comme un enfant. Comme je m'excusais, un homme ne pleure pas, il a un peu souri.

– Tu sais, il y a des hommes si malheureux qu'on en voit pleurer même à la télévision. Toi, tu es seul avec moi. Tu peux !

C'était il y a six mois, mais oui. Six mois ! Tout est présent à ma mémoire. À vif. Malgré le bonheur qui m'inonde, il n'y a pas de jour où je ne sois, soudainement, saisi par l'envie de pleurer. Le murmure de la mémoire ne se tait jamais.

Philippe a passé ses derniers examens. Après quoi, comme il était entendu – et attendu ! –, il est venu s'installer chez moi. Le jour où il est arrivé, avec toutes ses petites affaires, restera à jamais pour moi marqué d'une pierre blanche, que dis-je, marquée d'un diamant parfait sans le moindre crapaud. Mon cabinet de travail est vaste, je lui en ai cédé la moitié que j'ai aménagée d'un bureau et d'une étagère pour ses livres. Je me félicite souvent de n'avoir, ici, comme instruments modernes qu'un téléphone, mais j'envisage de nous procurer tout ce qu'il faut pour le travail moderne. Peut-être qu'un jour nous envisagerons de faire je ne sais trop, une recherche, un livre, en commun. Philippe ne commencera son premier véritable emploi qu'en septembre. J'ai l'intention de prendre un bon mois de vacances. En attendant, il veut potasser ses matières, pour arriver en septembre tout fin prêt. Toutefois, nous avons besoin de repos, de tranquillité, et j'ai commencé à chercher un coin de campagne paisible pour y passer trois semaines.

Nous avons retrouvé notre bonheur, mis en veilleuse par le grand effort qu'il a donné avant ses examens et, pour ma part, par le chagrin que m'a donné la mort de maman. Tout ce temps, il n'a pas tenté de me consoler : « Rien ne peut consoler d'avoir perdu sa mère. » Il faudra seulement que je m'accoutume à ne plus avoir de mère, mais l'amour que je lui porte est là, en moi, toujours le même, toutefois, il me fait souffrir, ce qui ne m'était jamais arrivé auparavant. Tout ce que j'écris ici, j'en ai longuement parlé avec Philippe qui s'est montré un interlocuteur merveilleux, avec un sens de la réponse qui apaise. Maintenant, nous avons repris notre conversation amoureuse. Tout propos est amour entre nous, même le plus quotidien, si l'intonation trahit l'émoi, le désir, le contentement. Si je lui dis, comme ce soir : « C'était bien bon, ce que tu as fait pour dîner », il rougit de plaisir, il se frotte le nez sur ma joue et soupire : « Comme tu m'aimes ! »

Depuis peu, il a imaginé un jeu amoureux qu'il nomme savoir attendre. C'est délicieux. Cela consiste à rester couchés, enlacés, bouche à bouche, sans beaucoup plus, juste les mains qui caressent le visage, les épaules, en disant tous les mots d'amour qui nous viennent, jusqu'à ce que nous n'ayons, comment dire ? plus rien à désirer. Il appelle aussi cela l'amour chaste, ce en quoi il ne semble guère avoir raison, bien au contraire. La première fois, après le petit silence, il m'a chuchoté :

– C'était peut-être ça, cattleya ?

Malgré ma vie si bien remplie, il n'y a pas de jour où je ne pense à maman et à l'amour qu'elle me portait. Ma douce, je l'ai perdue, mais je n'ai rien perdu du sentiment que je lui portais, il est vivant pour aussi longtemps que je le serai. Si je sens, douloureusement, la certitude de ne jamais la revoir, je sais qu'elle m'a aimé et que notre amour n'a pas été troublé par l'oubli ou par l'infidélité, mais par la mort, ce qui fait que je l'aime comme si elle vivait, d'un sentiment intact, et je pense que mon père peut dire la même chose.

J'ai un peu parlé de cela avec Hélène et, au cours de la conversation, j'ai compris qu'elle allait voir papa presque tous les jours, qu'ils allaient prendre les enfants à la sortie de l'école et toutes sortes de choses que j'ignorais. Comme je m'étonnais, elle a avoué :

– Je n'osais pas t'en parler. Tu sais, c'était devenu si fréquent. J'avais peur que tu sois un peu jaloux. Cela te fait rire ? Tu me trouves folle ?

– Oh oui ! C'est comme si tu me disais que tu es jalouse de Philippe. C'est aussi folichon.

– Eh bien ! sache que j'adore Philippe.

Comment faire autrement ? C'est ce que nous lui avons raconté quand il est entré. Et nous avons dit des énormités tout le reste de l'après-midi.

Notre vie s'est organisée tout doucement, tout tendrement. Le cocon familial s'est refermé avec Philippe en plus et maman en moins.

Si je ne parle guère des quelques amis que nous avons – et pourtant nous en voyons assez souvent – c'est que ceci est le cahier de Philippe et que je ne pense guère à d'autres personnes quand j'y écris. Il y a, d'abord, ma chère vieille amie Angèle qui fut, un temps, ma secrétaire et qui, après la mort de son mari, a entrepris des études qu'elle terminera bientôt. Je dis vieille à cause de notre amitié de quinze ans. Elle a maintenant, comme elle dit, « un compagnon » qui est comme elle, liseur, studieux, un puits de choses passionnantes. Il y a toute la ribambelle de presque cousins et cousines issus d'un remariage, d'où le « presque ». Et puis, tous ceux qui vivent au loin, à Vancouver ou Halifax et n'importe où entre les deux et les autres à Munich, à Grasse...

De temps en temps, nous donnons un dîner, six couverts au plus. Pendant les années qu'il a vécues seul dans son petit appartement, Philippe a appris à cuisiner assez bien et nous avons des goûts simples.

Et le traiteur de maman existe toujours.

– Pourquoi as-tu cessé d'écrire dans le cahier ? m'a demandé Philippe ce soir.

J'ai décapuchonné mon stylo pendant qu'il prenait l'objet sur l'étagère. Il le retournait comme s'il allait en tomber quelque chose – cesse de rire dans mon cou, tu m'empêches d'écrire –, quelque chose qui expliquerait l'abandon de ce cahier qui, dit-il, lui avait chauffé les doigts quand je le lui ai donné à lire.

– Pour te faire plaisir, je vais faire un petit paragraphe. Et ne te vexe pas si je te prête des propos que j'imagine. Silence, tu lis ?

– Ah ! « silence », tu as déjà écrit cela au début. J'étais ta tentation en ce temps-là.

– Laisse-moi. J'écris.

Je n'ai pas besoin de m'interroger beaucoup pour répondre à la question, peut-être au reproche de Philippe. Les peuples heureux... Il est vrai que nous avons fait mille choses que j'aurais pu raconter. Beaucoup de voyages, comme tout le monde, maintenant. C'est toujours charmant de revenir sur une croisière en Méditerranée, mais il faut éviter de singer le « Guide bleu » ou le « Baedeker » que Morand connaissait si bien. Et puis, te dirai-je, amour, que depuis notre escapade à Niagara, si j'ai continué d'aimer les voyages avec toi, je n'ai plus voulu en écrire. Pourquoi ? Comme ça, pour lui garder son caractère d'unicité ou pour autre chose que je ne démêle pas bien.

Nous avons lu beaucoup de livres ensemble, de concert comme tu aimes à dire. Après la mort de maman, et c'est une circonstance où la lecture est un refuge consolateur, nous n'avions envie de choisir rien de trop triste, de la tristesse nous en avions de reste, rien de drôle non plus, nous avons lu tout le théâtre de Marivaux. Cela nous fut profitable à tous deux. Nos voix se sont affermies, je pense qu'elles se sont embellies aussi. Cette façon que tu as de t'interrompre quand la beauté du texte veut que tu recommences un passage... tu dis « lesquels » dans mon oreille ? C'est comme pour les voyages, il faut éviter de singer la critique littéraire.

Et puis, quoi écrire quand on a tout dit de son bonheur ? La même chose ? Tu m'as promis de m'aimer toujours, je t'ai cru, je n'ai plus peur de rien. Si tu me rendais malheureux, je n'aurais pas assez des pages blanches qui restent à ce cahier.

Tiens, il me vient une idée. Avant de le ranger soigneusement assurons-en l'avenir. Sur cette page, j'écris :

1er janvier 2030

qu'est-ce que tu en dis ? dis-moi.

J'aurai plus de cinquante ans.

– C'est toi qui écriras la fin.

Québec, mai 1999 – janvier 2000

Romans parus à L'instant même :

La complainte d'Alexis-le-trotteur de Pierre Yergeau
L'homme à qui il poussait des bouches de Jean-Jacques Pelletier
Les étranges et édifiantes aventures d'un oniromane de Louis Hamelin
Septembre en mire de Yves Hughes
Suspension de Jean Pelchat
L'attachement de Pierre Ouellet
1999 de Pierre Yergeau
Le Rédempteur de Douglas Glover (traduit de l'anglais par Daniel Poliquin)
Un jour, ce sera l'aube de Vincent Engel (en coédition avec Labor)
Raphael et Lætitia de Vincent Engel (en coédition avec Alfil)
Les cahiers d'Isabelle Forest de Sylvie Chaput
Le chemin du retour de Roland Bourneuf
L'écrivain public de Pierre Yergeau
Légende dorée de Pierre Ouellet
Un mariage à trois de Alain Cavenne
Ballade sous la pluie de Pierre Yergeau
Promenades de Sylvie Chaput
La vie oubliée de Baptiste Morgan (en coédition avec Quorum)
La longue portée de Serge Lamothe
La matamata de France Ducasse
Les derniers jours de Noah Eisenbaum de Andrée A. Michaud
Ma mère et Gainsbourg de Diane-Monique Daviau
La cour intérieure de Christiane Lahaie
Les Inventés de Jean Pierre Girard
La tierce personne de Serge Lamothe

ACHEVÉ D'IMPRIMER
EN MARS 2000
SUR LES PRESSES DE AGMV-MARQUIS
MONTMAGNY, CANADA